AF264534

روزی که گُلابتون رفت

روزی که گُلابتون رفت

و

یازده داستان کوتاه دیگر

نویسنده: دکتر محمود صفریان

ویر استار: الیسا تنگسیر

طرح روی جلد: دکتر پوپک صفریان

شابک: ۱-۷-۹۸۱۳۵۱۹-۰-۹۷۸

ISBN: 978-0-9813519-7-1

ناشر: نشر زاگرس

با همکاری انتشارات گذرگاه

تاریخ چاپ: اکتبر ۲۰۱۲

نوبت چاپ: اول

هرگونه بهره وری از این کتاب بایستی با اجاره کتبی نویسنده باشد

mahmood@gozargah.com

Zagros Editions Inc
P.O. Box 358
31 Adelaide Street East
Toronto, Ontario
Canada M5C 2J5
Tel: 1 - (416) 214 - 2266
E-mail: zagroseditions@gmail.com
Website: www.zagrosedition

Gozargah Publication
www.gozargah.com

روزی که

گُلابتون

رفت

دکتر محمود صفریان

دکتر محمود صفریان سالهاست که می نویسد. از او بسیاری داستان و شعر و نقد و تکه هائی در زمینه های گوناگون در نشریات و سایت های مختلف منتشر شده است. و نیز از او کتاب های متعددی بصورت پی دی اف در کتابخانه های مجازی و بیشتر در کتابخانه رسانه گذرگاه که سردبیریش را بر عهده دارد موجود است.

کتاب " روز های آفتابی " او نیز در دسترس می باشد که با استقبال منتقدین سرشناس روبرو شده است.

دکتر محمود صفریان بیشتر داستان کوتاه کار می کند و اعتقاد دارد هر داستانش رمان کوتاه شده ای است که برای پرهیز از زیاده گوئی جان داستان را در خود دارد.

او دکتر دارو ساز است ولی به ادبیات عشق می ورزد و داستان هایش هریک گوشه هائی از زندگی است که عریان باز گو می کند.

فهرست

یک اشاره

درقسمتی از یک سخنرانی که برای معرفی کتاب اولم "روزهای آفتابی" برگزار شد چنین گفته ام.

چرا که از دیدگاه من، مشکل بنیانی کمی فروش کتاب در کمبود خواننده است.

"... امروز کمی در مورد نه کتاب، که کتاب‌خوانی و کم‌بود آن که تاثیر منفی حیرت‌انگیزی بر رشد ادبیات ما دارد با اشاره به ارقام با شما دردِدل می‌کنم.

اجازه بدهید بگویم که بخصوص ادبیات ما، بخاطر کمی شوق خواندن، گرفتار "درد باریک" است و هر روز بیشتر تکیده می شود.

در برابر، کتاب و رغبت و میل چشمگیر خواندن در غرب هر روز پروارتر و سرحال‌تر می‌شود. و این بیماری ادبیات ما درمان نمی‌شود مگر بهر شکل عزیزان، روی‌کرد مناسبی به کتاب‌خوانی بیابند.

در حقیت هم درد و هم درمان از یک جا نشئت می‌گیرد.

به قول حافظ

" دردم از یار است و درمان نیز هم "

صائب تبریزی شاعر بلند آوازه‌ی کلاسیک قرن یازدهم ما در بیتی زیبا می‌گوید:

" روزی که برف سرخ بیارد از آسمان

بخت سیاه اهل هنر سبز می شود "

و این سیاهی بخت هنرمندان، بخصوص نویسندگان و به ویژه داستان‌نویسان، آنگاه به سوی سبز شدن می‌رود که شوق خواندن در بین با سوادها گسترش لازم را بیابد.

چون برف سرخ که، هر گز نخواهد بارید، ولی می‌توان امیدوار بود که رغبت و میل به خواندن بتدریج به یک نیاز برای آبیاری روح و روان تبدیل شود، و کار باریدن برف سرخ را برای سبز کردن بخت اهل هنر به ارمغان بیاورد، کما اینکه سبزی بخت هنرمندان در غرب بدون باریدن برف سرخ حاصل شده است.

در اینجا، حتمن توجه داشته‌اید که در قطارهای مترو و بین‌شهری، در اتوبوس‌ها، در پروازهای هوائی، در اتاق‌های انتظار، در پارک‌ها، و به هنگام خواب، کتاب می‌خوانند. خواندن در این دیار بصورت یک نیاز درآمده است. و بهمین سبب کتابها با شمارگان بسیار بالا، صدهزار تا یک میلیون جلد چاپ می‌شود.

و اگر در این میان به قول معروف بزند و کتابی "بست سلر" بشود، یعنی توجه تعداد بیشتری خواننده را جلب کند، حکایتی دیگر خواهد شد.

بهتر است بدانید که هیچ ربطی بین ارقام فروش کتاب در غرب و کتابهای فارسی وجود ندارد.

چون در فرهنگ این‌ها خواندن کتاب نهادینه شده است.

نتیجه می‌گیریم که در اینجا نویسندگی یک شغل است و نویسندگان با کاری دیگر امرار معاش نمی‌کنند. نویسندگان به کمک گستردگی طیف خواننده و چاپ بالای هر کتابشان بسیار مرفه هستند. و بر همین پایه ناشران نیز بسیار روبراهند. و در مجموع ادبیات در غرب همیشه در فصل بهار پرسه می‌زند.

در حالیکه نویسندگان ما حتمن برای گذران زندگی بایستی به کاری مشغول باشند و بر پایه عشق و علاقه در فرصت‌هائی که برایشان پیش می‌آید بنویسند. ببینید تفاوت ره از کجاست تا به کجا.

می گویند این توجه حیرت‌انگیز به کتابها در این سوی دنیا بخاطر زبان اول بودن انگلیسی و زبانهای زنده‌ی اسپانیائی و فرانسوی و آلمانی است که در ادبیات اینجا به کار برده می‌شود، که البته نظر و حرفی درست است.

ولی همانطور که می‌دانید بنا به روایات مختلف بین ۳ تا ۶ میلیون ایرانی که تقریبن همه هم با سواد هستند در خارج از ایران زندگی می‌کنند. ولی همه کتابهائی که

طی این سالها در خارج منتشر شده است شمارگانی بین ۱۰۰ تا ۵۰۰ داشته‌اند. و طی چندین سالی که از انتشارشان می‌گذرد هنوز موجودی دارند.

در ایران نیز با وجود ۷۰ میلیون جمعیت که اکثرن هم با سواد هستند آمار آنی است که می دانید .

یکی ازپایه‌های پایداری یک ملت ادبیات آن است، که هم بانی و باعث شهرتش می‌شود و هم غنای فرهنگیش را می‌نمایاند. بالنده بودن ادبیات هر کشور، حتا اگر زبانش بین‌المللی نباشد مرز ها را درهم می‌کوبد.

مگر گوته فیلسوف آلمانی با احترام از حافظ یاد نکرده است.

مگر خیام و مولانا و هدایت معرف ایران نبوده‌اند.

درمان همان است که گفتم ما خواندن را جدی نگرفته‌ایم در حالیکه اگر قدری از توجهی که به تغذیه جسم خود داریم به تغذیه روح و روان خود هم داشتیم، در بر این پاشنه‌ی کند و زنگ زده‌ای که می‌چرخد، نمی‌چرخید و روغن کاری می‌شد.

در این مورد حرف بسیار است.... تو خود حدیث مفصل بخوان از این مجمل"

نازنین

وقتی ناظم آمد سر کلاس فیزیولوژی ششم دبیرستان، و در ِ گوش معلم چیزی گفت، دلم گواهی بد داد. شش دانگ حواسم را به جلوی کلاس، جائی که آنها صحبت می‌کردند کشاندم. کلاسی که هرگز رنگ سکوت کامل نداشت، یکباره فرو نشست. چنین آمدنی سابقه نداشت یا ما ندیده بودیم.

ناظم رفت و قیافه دبیر درهم شد. صدایم کرد:

" احمد! پاشو برو دفتر کارت دارند..."

از کلاس که داشتم بیرون می‌رفتم، آرام در گوشم گفت:

" خداحافظ! "

جا خوردم.

غروب همان روز، چهارمین قرارم با " نازنین " بود.

سرکوچه حمام " شازده " قسمت غربی پارک سنگلج، دبیرستان ما بود و ته همین کوچه سر پیچ دبیرستان دخترانه " پرتو" قرار داشت.

اتفاقن کلاس همین درس بود، که همین دبیردوست داشتنی فرستادم دبیرستان " پرتو" تا از مدیر مدرسه میکروسکپ بگیرم.

" تا اکبر و رضا میروند پارک شهرچند تا قورباغه بیاورند، برو میکروسکپ مدرسه پرتو را بگیر و بیاور، با مدیر آنجا صحبت کرده‌ام. امروز می‌خواهم گردش خون قورباغه را نشانتان بدهم. "

چه روز خوبی بود. مدیر که همسر مدیر مدرسه ما بود بسیار خوشرو، فراش مدرسه را فرستاد سراغ کسی، و به من گفت صبر کن تا مسئول وسایل آزمایشگاهی مدرسه بیاید.

کمتر از چند دقیقه بعد دخترخانمی وارد شد. و کنار میز مدیر ایستاد:

" ...بله! خانم گلچین! امری بود؟ "

" میکروسکپ مدرسه را با جعبه‌اش به این آقا پسرتحویل می‌دهی و رسید
می‌گیری"

و من و دختری زیبا، خوشرو و جذاب از دفتر بیرون آمدیم.

" اسم من احمد است، کلاس ششم دبیرستان همین سر کوچه هستم.
با تمام نیرو کوشش کردم صدایم لرزش نداشته باشد. وموفق شدم.

نگاه زودگذری از صورتم عبور داد و هیچ نگفت.

در اتاقی را باز کرد. به اتفاق وارد شدیم. یک راست رفت سراغ جعبه میکروسکپ و
گذاشتش روی میزی که من کنارش ایستاده بودم. و بسیار آرام و مودب خواست که
رسید بنویسم.

" لطفن اسم فامیلتان را هم بنویسید، و البته اسم مدرسه و کلاستان را... می
بخشید، به من اینطور دستور داده‌اند. "

برایم نه میکروسکپ مطرح بود، نه انتظار دبیر فیزیولوژی و نه بچه‌های
کلاس....برخورد و رفتار، دختر خانمی زیبا که مبهوتم کرده بود، داشت تمام
می‌شد. در این فکر بودم که چکار می‌توانم بکنم.

در آن تنگنای فرصت کاری نمانده بود جز بغل کردن جعبه میکروسکپ و
خداحافظی ... خیلی سخت بود. معلوم نبود که دیدار دیگری خواهم داشت؟
احتمالن کس دیگری آن را پس می‌آورد، و به دفتر مدرسه تحویل می‌داد. و شاید
هم در دفتر مدرسه خودمان میماند، تا در فرصتی برگشت داده شود.

به طرف در اتاق راه افتاد، که یعنی معطل نکن، برش‌دار و راه بیافت.

قبل از خروج کامل، کمی مکث کردم، دستی به پخش و پلائی حواسم کشیدم و
پرسیدم:

" نفرمودید اسمتان چیست؟ "

" گفتی ششم ادبی! هستی؟ "

با کمی دستپاچگی گفتم:

" نه، ششم طبیعی هستم"

" پس چرا این همه ادبی حرف میزنی ؟ "

بر عکس خیلی از مواقع، زود گرفتم.

" اتفاقن من طبیعی حرف زدم، کمی که بیشترآشنا بشویم به (تو) هم میرسیم."

خوشش آمد.

" من نازنین هستم. "

شیرین زبانیم گل کرد.

" می دانم نازنین هستی، کاملن معلومه. اما اسمتان چیست؟ "

زدم وسط خال.

" پیشنهاد می‌کنم، رشته‌ات را عوض کنی. ادبی بیشتر به دردت می‌خورد."

" دارم تمرین می‌کنم، شایدم اینکار را کردم. بگذار ببینم امروز نتیجه می‌دهد..."

ساکت شد. آچمز شده بود. ادامه دادم:

" اجازه می‌دهی یکبار دیگر تو را ببینم؟ باید کمی صحبت کنیم "

" چه زود (کمی بیشتر آشنا) شدی...من اینجا هستم، میکروسکپ را که برگرداندی

صحبت می‌کنیم..."

" تو را بخدا سرم را به تاق نکوب نازنین خانم . "

" ارجمند "

" چی؟ "

" تو که خوب می‌گرفتی، چی شد؟...آخه نازنین، اسم فامیل هم داره. "

" ما تلفن نداریم!... اما فیش ده ساله داریم... تو اگر ممکنه تلفنت را بده..."

"فیشِ ده ساله دیگه چیه؟ "

" ده ساله پول دادیم که تلفن بگیریم... هنوز تو نوبتیم..."

وقتی با صدای بلند خندید، دوستی ما شروع شد.

طی سه ملاقات قبلی، خیلی بهم نزدیک شدیم...بنظر می‌رسید که روی یک

موجیم.

و امروز در چهارمین دیدار، تصمیم داشتم، بیشتر از خودم برایش بگویم، که به دفتر

مدرسه احضارشدم. می‌خواستم به او بگویم، احساس ناآشنائی که از ناحیه اوست

گردشش را در ذهن و قلبم آغاز کرده است. احساسی که، گر چه ناآشناست ولی خواستنی است. می‌خواستم به او بگویم که شبها بی‌کلنجار با فکر و یاد او خوابم نمی‌برد و از تمرکز لازم برای درس خواندن افتاده‌ام. و .... می‌خواستم رسمن به او بگویم که دوستش دارم، و این دوست داشتن طعم دلچسب عشق را دارد...من در نگاهها و حرف زدن‌های او نیز همین حالت را می‌دیدم. ولی نشد و بی دلیل به دفتر مدرسه احضار شدم. احضاری که بوی خوبی از آن به مشام نمی‌رسید.

وقتی از پله‌های کلاس که در طبقه دوم بود، سرازیر شدم دیدم چند پاسبان در حیاط ایستاده‌اند.

ترسیدم. در ذهنم گذشت:

چرا؟

به دفتر که وارد شدم، دو افسر پلیس قدم می‌زدند.

یعنی این همه، برای من است؟

مدیر پیر مدرسه نگران پشت میزش نشسته بود. مرا که دید چهره‌اش باز شد.

" جناب سروان، این احمد است احمدِ نیزاری. "

تکان خورده نخورده به دستهایم دست بند زدند. یک دقیقه‌ای هاج و واج بودم، کمی که خودم را پیدا کردم، پرسیدم:

" چی شده؟ چرا اینطور می‌کنید... دست‌بند برای چیست؟"

و تا گفتم:

" جرمم چیست؟ "

یکی از آن ها با تشر گفت:

" خفه شو... مثل آدمهای سیاسی حرف نزن. "

واقعن نمی‌دانستم چی شده.

با تشکری آبکی از مدیر، آوردنم بیرون. سوارم کردند و بدون کمترین توضیحی راه افتادند.

دلم بیشتر متوجه نازنین بود. امروز می‌رفت جائی که منهم می‌بایستی آنجا باشم.

" ... ببین احمد، اگر فکرهای ناجور داری من اهلش نیستم....با من بازی

نکن....من از تو خوشم آمده، اما خواهش می‌کنم خودت را برایم عریان کن. اگر نقابی داری بردار، نمی‌خواهی برداری هم می‌توانی، ولی مرا آلوده خودت نکن....»

داشتم کلافه می‌شدم. دست‌بند استخوان‌های مچم را به درد آورده بود.
«ببین جناب سروان در مورد من حتمن دارید اشتباه می‌کنید. من اهل هیچ فرقه‌ای نیستم. چرا نمی‌گوئید ماجرا چیست؟»
«همه اولش همین را می‌گویند... به من می‌گویند سروان تیموری... بهتره تا کار بالا نگرفته همه چیز را به من بگوئی.»
گیج شده بودم. این‌ها دارند از چی صحبت می‌کنند؟ مگه سروان تیموری با بقیه چه فرقی دارد؟
اگر هم فرقی دارد، حتمن یعنی مهمتر است که اینجوری خودش را معرفی می‌کند. چرا سروان تیموری را فرستاده‌اند سراغ من؟ باید کار یه جورائی مهم باشد.
«مثل آدم‌های سیاسی حرف نزن»
یعنی چی؟
پس نباید مرا در رابطه با موضوعی سیاسی دستگیر کرده باشند.»

«خوشم آمد، برعکس خیلی از جوان‌های دیگر سیگارهم نمی‌کشی، مشروب چی؟ می‌خوری؟»
«نازنین داری باز جوئیم می‌کنی؟ ... چرا، گهگاهی مشروب می‌خورم... نه همیشه... تا حالا چه نمره‌ای گرفته‌ام...قبولم یا تجدید.»
«نه قبولی نه تجدید...»
و با خنده ای که حظ کردم.
«یک ضرب ردی!...»
کاش می‌شد یک‌جوری به او اطلاع می‌دادم که سر قرار نمی‌آیم. برود، معطل شود و من نروم، چه می‌شود؟ حتمن او را از دست می‌دهم. در همین زمان کم چه مهری در دلم ریخته است. انگار که سال‌هاست او را می‌شناسم چه با وقار، زیبا، و خوش بر و بالاست...

" ...جناب سروان، استخوان‌های مچم درد گرفته، میشه این دست‌بند را باز کنید؟"

" ...دیشب کجا بودی؟...بچه پول‌داری؟ ..."

" دیشب خانه بودم، بچه پول‌دار هم نیستم ..."

پس چرا اتومبیل داری؟...ببین یک الف بچه، چه روئی داره...مچ درد که چیزی نیست، خودت را آماده کن که رب و روبات را بیاورند جلوی چشمت."

"من واقعن نمی‌دانم از چی صحبت می‌کنید...بچه پول‌دار کیه؟ اتومبیل چیه؟...گفتم که دیشب خانه بودم."

" اتومبیل نداری؟"

" نه، ندارم."

" گواهینامه که داری؟ یا بی‌گواهینامه پشت رل می‌نشینی؟"

" تو را بخدا جناب سروان این سئوال و حرف‌ها برای چیه،... اتفاقی افتاده؟"

"اتفاق! پس می‌دونی که اتفاقی افتاده...؟"

آمدم جواب بدهم که اتومبیل توقف کرد.

" اینجا آگاهی شهربانی است. پیاده شو... بازجو مرادی چنان مُقرت بیاورد که به گربه بگی میرزا قَشَم شَم..."

نمی‌دانستم چی دارد می‌گذرد، زبانشان را نمی‌فهمیدم. فقط تهدید می‌کردند. نمی‌دانستم چکار باید بکنم، کاملن گیج شده بودم... دستگیری با آن وضعیت، حالا هم اداره آگاهی. هوا داشت تاریک می‌شد. ساعتم را نگاه کردم. نیم‌ساعت از زمانی که با نازنین قرار داشتم می‌گذشت. بغضم گرفته بود.

"بچه‌ها! کسی خانه احمد را می‌داند؟ به خانواده‌اش اطلاع داده‌اید که او را دستگیر کرده‌اند، تا دلواپس نباشند واگر می‌توانند کاری برایش بکنند؟"

" از من نپرسید، من هم نمی دانم چرا دستگیرش کرده‌اند. ناظم هم نمی‌دانست."

" آقا ما با هم درس می‌خواندیم، احمد می‌گفت، جوری بخوانیم که دیپلم و کنکور را یک ضرب بزنیم...خیلی رفیق خوبیه...با معرفته..."

" تو که این همه با او دوست و نزدیک هستی، ببینم به خانه‌شان اطلاع داده‌ای؟"

" بله آقا."

"کلاس که تمام شد بیا دفتر کارت دارم..."

" چرا آقا! دفتر برای چی؟ "

" بیا، چند تا سئوال دارم."

" احمد سیاسیه؟ "

" نه آقا، من چیزی ازش ندیده ام، بیشتر درس خونه، یه کمی هم عشقیه."

"پدرش چکاره است؟ "

" تو دارائی کار می‌کنه. گمون می‌کنم خرش خیلی میره."

" ازش خبر داری؟ "

" از کی آقا؟ از باباش؟ نه خبری ندارم."

" من به باباش چکار دارم، از خودش، از احمد. نفهمیدی تا حالا کاری برایش کرده اند یا نه؟ "

" نه آقا، چیزی به من نگفتن، اما مادرش خیلی ناراحته."

" احمد توئی؟ "

"بله"

"بی ادب هم که هستی..."

" کی؟ من"

"بله، تو بچه پر رو"

"...آقا، یادت نره، بله آقا، چشم آقا، شما درست می‌فرمائید آقا،....فهمیدی؟"

"بله"

"چرا می‌زنی... اصلن شما کی هستید و از جان من چه می‌خواهید؟ از صبح تا حالا، مرا از مدرسه با آن وضع دستگیر کرده اید، دست‌بند زده اید، و عین یک قاتل کشانده‌اید به این جا. من از این لحظه تا نفهمم، یا نگوئید که جریان چیست، یک کلمه حرف نمی زنم..."

" زیر مشت و لگد و شلاق له و لورده‌ات می‌کنم...آنقد می‌زنمت تا خون بالا بیاوری، پسره پر رو..."

" من واقعن نمی‌دانم چی از او می‌خواهیم... بهتره از جناب سرهنگ به پرسی
چکارش کنیم...آنقد کتکش زده‌ام که خودم خسته شده‌ام..."
" چی میگه؟ "
" ما چیزی از او نمی‌پرسیم، که چیزی بگه یا نگه. "
" خودم میام..."

"ببینم آقاپسر، تو جناب سرهنگ اردوبادی را می‌شناسی؟ "
"...جناب سرهنگ!؟ ...من حتا پاسبانی را هم نمی‌شناسم...لطفن شما بفرمائید
جریان چیست... من را در رابطه با جناب سرهنگ اردوبادی گرفته‌اید؟ اصلن معلوم
هست چکار می‌کنید؟ و من را چرا دستگیر کرده‌اید؟ من یک محصل دبیرستانم
هستم که فقط سرم بکار درس خواندن است... من چکار به سرهنگ و سرگرد و
این حرف ها دارم..."
" آخه درد اینجاست که کار داری...تو پایت را توی کفش جناب سرهنگ کرده‌ای و
حالا منکرمیشوی... اگر اینطور نبود که تو را دستگیر نمی‌کردیم."
" واضح تر بگوئید... من نه سیاسیم، نه دزدم، نه معتادم، و نه قاتل و خلافکار،
جناب سرهنگ چیه، اردوبادی کیه... من را از صبح تا حالا با آبروریزی کشانده‌اید
اینجا، و تمام بدن و سرو صورتم را له ولورده کرده‌اید، تازه می‌پرسید، فلانی را
می‌شناسی؟ نمی‌شد این را آرامتر و معقول‌تر اجرا می‌کردید؟ ...نمی‌شد مرا بجای
دستگیری، احضار می‌کردید، و هرچه می‌خواستید می‌پرسیدید...بهر حال من، نه
جناب سرهنگ اردوبادی می‌شناسم و نه کاری با چنین آدمهایی دارم..."
" نه، تو باید همین طور دستگیر می‌شدی تا بدانی که باید پایت را از کفش جناب
سرهنگ رئیس آگاهی بیرون بکشی..."
" رئیس آگاهی؟! یعنی رئیس همین جا؟...کفش جناب سرهنگ کجا بوده که من
پایم را تویش کرده ام؟...",

" چرا این همه درهمی؟ نازنین! مدتی است عوض شده‌ای، چی شده؟ می‌دونم که نمی‌تواند پای کسی در میان باشد. خوشبختانه تو نامزدی مثل پسر دائی " اسد" را داری، پس جریان چیه؟"

"... اسد!؟ کی گفته که ما نامزدیم؟ پسر دائی که دیگه پسر عمو نیست که بگوئید عقدتان تو آسمان‌ها بسته شده. خودتان می‌برید و می‌دوزید، آنهم هر طور که دلتان می‌خواد. من نامزد هیچکس نیستم مادر، لطفن کسی را به من نچسبانید."

" پس دائی سرهنگ‌ات درست می‌گفت که اسد تو را با کسی دیده... قرار نبود تو چیزی را از من پنهان نگهداری. من باور نکردم، ولی برای بار دوم که تکرار شد، و حتا جائی را که با هم بودید به من نشانی داد، دفاعی نداشتم...حالا این کی هست؟ چرا تا حالا در موردش با من که مَحرم همه چیزت هستم حرفی نزده ای؟"

" پس اسد تا این حد لنگش را تو زندگی من دراز کرده است؟ اگر شما بهش رو نداده بودید، به خودش اجازه این فضولی‌ها را نمی‌داد. باید از باباش که رئیس پلیس خفیه است یاد گرفته باشد.

حالیش کن که پایش را از زندگی من جمع کند... پلیس بازی را هم کنار بگذارد... من اگر از بی‌شوهری ترشیده که هیچی، پوسیده هم بشوم، زن اسد نمیشوم... اگر برادرزاده‌ات را دوست داری، نگذار تو خوش خیالی باقی بماند. پنبه را از گوشش بکش بیرون."

نمی دانستم ساعت چند است. همه وسائلم را، از کمربند و خودکار و ساعت گرفته تا حتا پولهایم را قبلن گرفته بودند. هوا بیش از معمول تاریک بود. تمام بدنم درد می‌کرد. احساس خستگی زیاد کلافه‌ام کرده بود. با اینکه از صبح غذا نخورده بودم، اشتها نداشتم. فکر نازنین یک لحظه رهایم نمی‌کرد. نمی‌دانستم به او چه بگویم. حتمن باور نخواهد کرد که بی‌خودی و بدون دلیل دستگیرم کرده باشند. به او اطمینان داده بودم که اهل هیچ فرقه‌ای نیستم. چطور ممکن است که "اهل هیچ فرقه‌ای" را دستگیر کنند. فکر اینکه او را از دست داده‌ام داشت دیوانه‌ام می‌کرد.

" تو چی کرده ای که با خود رئیس طرف هستی؟"

این را پاسبانی گفت که کاسه‌ای غذا برایم آورده بود.

" سرکار، تو را به خدا می‌دونی مرا برای چی آورده‌اند اینجا؟ رئیس چرا از من دلخوره. آخه من ِمحصل چه ربطی می‌توانم به رئیس داشته باشم."

" به باز جو بگو:

هرچه می خواهید بپرسید جواب می‌دهم. بگو و جانت را خلاص کن "

" سرکار صد بار پرسیده‌ام که از من چه می‌خواهید، مثل اینکه خودشان هم نمی‌دانند "

" به به، چه عجب، چطور شده جناب سرهنگ حسن خان اردوبادی یادی از فقرا کرده‌اند؟ "

" داشتم از این حدود رد می‌شدم گفتم، سری به خواهر و شوهر عزیزش بزنم."

" کاش همه را آورده بودی چیزی دور هم می‌خوردیم."

" نازنین خانم کجاست؟ دلم برایش تنگ شده...ضمنن می‌خواستم بهش بگویم حواسش را خیلی جمع کند... دو روز پیش مامورین آقا پسری از مدرسه سر کوچه‌ی پائینی مدرسه آنها را با چندین کیلو مواد مخدر دستگیر کرده‌اند...این بی‌انصاف‌ها کارشان را تا توی مدارس هم گسترش داده‌اند، خیلی باید مواظب بود."

"عجب!"

" بله، فردا با پرونده مربوطه تحویل دادسرا داده می‌شود...گمان نمی کنم حتا با ضمانت هم تا روز دادگاه آزادش کنند....باید برود زندان آب خنک بخورد تا دیگر از این غلط ها نکند."

" عجب روزگاری شده!..فکر می‌کنی محکوم بشه؟"

" بله، حد اقل ده سال باید تو زندان بمونه تا بپوسه."

" دائی جان، از همین مدرسه پسرانه سر کوچه مدرسه ماست؟ اسمش چیه؟"

" بله از همین مدرسه سرکوچه شماست، چقدر هم قیافه مظلومی به خودش میگیره... اسمش هم: احمد، احمد ِنیزاری "

" دروغه! من او را می‌شناسم، او هم مثل من مسئول وسایل آزمایشگاهی دبیرستان پسرانه محله ماست. هردوی این دبیرستان‌ها صاحبانشان یکی است — خانم و آقای گلچین. خانم مدیر مدرسه ماست و اقای گلچین مدیر مدرسه پسرانه فرهمند

است.

این برنامه اسد پسر شماست. من نظرم را در این مورد قبلن به مادرم گفته‌ام.
بی خود برای پسر جوان وآرام و درس‌خوان مردم پرونده سازی نکنید...»

« بابا نازنین جان، چرا ناراحت شدی، کجا میروی بیا ببینم اصل ماجرا چیست؟»
« دائی سرهنگ بهتر از من می‌داند. از او به پرسید. بی‌خودی پسر مردم را به اتهام
قاچاقچی گرفته‌اند... بهتراست همه بدانید که من هرگز زن پسر دائی اسد
نمی‌شوم.»

بیاد دوست عکاسم که به او امکان معالجه
در خارج از ایران را ندادند و دنیای رنگارنگ
روشن اش را به تاریکی مطلق کشاندند.

یک شاخه‌ی شب بو

" عکاسم. حدود بیست ساله. خیلی‌ها کارهایم را دیده‌اند. و خیلی از نشریات،
دوستان، و نمایشگاه‌های داخلی و خارجی از آن‌ها استفاده کرده‌اند... و دل خودم
بیشتر از هر کسی. سیاه سفید و رنگی کار کرده‌ام. عکس‌های قشنگی از گلها
گرفته‌ام، گاه به قشنگی خودشان. یکی از آن‌ها را همراه دارم. نشانتان می‌دهم تا
کارم را بهتر بشناسید. یک شاخه شب‌بوست."

مرد، کیف کوچک سیاهرنگی را که زیر بغل داشت به دست گرفت، زیپ آن را به
آرامی و با تردید باز کرد، دو انگشت را تو برد و داشت عکس را از لابلای کاغذهای
دیگر بیرون می‌کشید...

" نمایشگاه‌های خارج؟...خارج هم رفتی؟..."

– چندین بار، برای مدتی کوتاه، کارمند سابق ...

" به اونا عکس می‌فروختی؟"

– خیر! عکس‌هایم فروشی نیست، لذت می‌برم آن‌ها را تماشا کنند، در مجله‌هایشان
چاپ کنند، در نمایشگاه‌هایشان به تماشا بگذارند، در خانه‌هایشان....

" فروشی نیست؟ مگه هنوزم عکاسی می‌کنی؟"

مرد رگه ترسی را در طپش‌های قلبش حس کرد. برای کار دیگری آمده بود.
می‌خواست افقی را که به تنگنای کدورت می‌رفت، سقفی را که به آرامی پائین
می‌آمد، و شمعی را که به خاموشی کشانده می‌شد، مانع شود، و نگذارد دریچه‌های

نور و جلای زندگی و ذوقش بسته شود. آمده بود امیدش را نگهدارد. ابزار کارش را از تباهی نجات دهد.

تصادفی نه چندان دور دیدش را به سیاهی می‌کشاند. گفته بودند:

"داری کور می‌شوی."

و این خبر، ترکی دلهره‌آور در بلور وجودش ایجاد کرده بود. و فریاد بیکسی در گوش‌هایش به صدا در آمده بود. تلاش‌هایش عبث، تقاضاهایش بی‌حاصل، و پاسخش:

"در همین جا قابل درمان است."

که همچون قطره‌ای تیزاب در چشمانش چکانده شده بود. و حالا درمانده آمده بود تا در آخرین تلاش عاطفه را بیاری بگیرد. آخرین تیرش را همراه داشت.

عکس که وضوح شبنم‌ها را بر برگ‌های تر و تازه‌اش نشان می‌داد از کیف بیرون آمد و روی میز مامور گذاشته شد.

– بیشتر از این عکس‌ها می‌گرفتم.

مامور نیم‌نگاهی به عکس انداخت و بی هیچ ظرافتی با سر انگشتان از آب دهان خیس‌اش، برگ‌های پرونده را زیرو رو کرد.

"...با پول عکاسی که نمیشه خرج درمان در خارج را داد. از کجا می‌آوری؟"

– گفتم کارمند باز نشسته....

"...گفتی که اونا را نمی‌فروشی، پس از کجا می‌آوری؟"

– آنقدر دارم که چشمانم را نجات دهم. همه آنچه را دارم می‌فروشم. بدون چشم، زندگی به چه درد می‌خورد.

"... رای دادن که در همین جا قابل درمانه."

– ولی می‌دانم که در این جا درمان نمی‌شود. هر روز احساس تاریکی بیشتر می‌کنم، گفته‌اند در خارج امیدی هست.

"نمیشه، رای صادر شده."

- رای آیه که نیست، می‌شود تغییرش داد. منظورم این است که تجدید نظر بشود. آخر من با چشمانم عکس می‌گیرم.

مامور سرش را بلند کرد و نگاه خیره‌اش را به صورت مرد کوفت...

مرد، بی‌خود در این چهره پنهان دنبال چیزی می‌گشت. کمترین رد پائی دیده نمی‌شد. بن‌بست کامل!

"دروغگو!"

مرد احساس کرد دارد فرو می‌رود،...نفهمید چرا دروغگو!

"تو با چشمانت عکس می‌گیری؟"

مرد فهمید!

- نه قربان، با دوربین عکاسی. اما این چشمانم هستند که انتخاب می‌کنند، دوربین را هدایت می‌کنند، و سوژه را...

"می‌خواهی بروی خارج برای معالجه، که بتوانی به عکاسی ادامه بدهی؟ عجب آدم‌هائی پیدا می‌شوند!"

مرد سردش شد و لرزش خفیفی را از سرگذراند. نگاهش را از مامور برداشت.

- شما این اعتراض را روی پرونده‌ام بگذارید، در واقع اعتراض نیست، توضیح بیشتر است. شاید تجدیدنظر بشود، شاید کمیسیون بعدی کاری بکند، شاید....داشت فکر می‌کرد که ...

شاید چی...؟

"این فرم را پر کن"

عکس روی میز همراه فرم در دستش قرار گرفت.

با تشکر فرم را گرفت، آمد پر کند، چیز تازه ای در آن نیافت. بیش از دو، سه، فرم از این دست را در پرونده داشت.

مامور، همه چیز را رد کرده بود: مرد، عکس، چشمانش، و تقاضای تجدیدنظرش را...

- این فرم را قبلن پر کرده‌ام.

با اطمینان بیشتر صحبت کرد.

" پس دیگر چه می‌خوای؟ "

– دارم کور می‌شوم، متوجه نیستید چه می‌گویم؟ کور! می‌خواهم تا دیر نشده، خودم را به جائی برسانم... اصلن پرونده‌ام را نخوانده‌اند و جواب داده‌اند.

داشت برای دیگران حرف می‌زد. توجهی به مامور نداشت. صدایش بی لرزش بلند بود. حالت همدردخواهی داشت.... و در تلاشی بی‌حاصل، نگاهش را روی سایر مراجعین انداخت. ولی آن ها در صندلیهای خود نبودند! بیشتر نگران خودشان بودند تا او، و دلشان می‌خواست کوتاه بیاید و جوّ را به زیان آنها خراب نکند...

و مرد، مامور را نزدیکتر یافت.

– تقاضائی نوشته‌ام تا مجددن وضعم را بررسی کنند، پرونده‌ام را به جریان بیاندازند، در کمیسیونی دیگر مطرح کنند. خواهش کرده‌ام اگر اعتقاد دارند که در اینجا قابل درمان است، آن " اینجا! " را به من نشان بدهند. مرا راهنمائی کنند. دستم را در دستشان بگذارند. و اگر نیست، چشمانم را فدا نکنند.

و ساکت ایستاد. تمام این مدت را ایستاده بود.

" تقاضایت کجاست؟ "

با خوشحالی، کاغذی را از کیف بیرون آورد، عکس را به آن سنجاق کرد و روی میز جلوی او گذاشت.

مامور عکس را جدا کرد، نگاه دیگری از آن گذراند، و در حالیکه سرش را تکان می داد، آن را به دو نیم کرد و در سطل زیر میزش انداخت.

خیسی اشکی نریخته دید مرد را کمتر کرد.

مامور، بی تفاوت اوراق را جمع و جور کرد، در پرونده خاکی رنگی قرار داد، پرونده را بست، تقاضای مرد را روی آن سنجاق کرد و به گوشه میزش انداخت. روی تکه‌ای کاغذ شماره‌ای را نوشت و به دست او داد، و قبل از آنکه مرد فرصت پرسش بیابد، تکلیفش را روشن کرد:

" دیگر اینجا نیا، با این شماره تماس بگیر، خبرت می‌کنیم. "

و با بی‌حوصلگی، و حالتی که یعنی، خیلی خسته‌ام و نمی‌دانم با این مردم زبان‌نفهم چه کنم، رویش را بطرف مراجعه‌کننده دیگری چرخاند.

مرد، پس از توقفی کوتاه و بی‌حاصل، آرام به پشت میز، همان‌جائی که مامور نشسته بود رفت و از درون سطل عکس دو تکه شده را بر داشت و بی‌توجه به نگاههای کنجکاو مامور و تعدادی از مراجعین آن را در کیف گذاشت و زمزمه کرد:

- شاید شب‌بو، دوست ندارد. می‌خواستم اعضای کمیسیون متوجه بشوند. شاید دقت بیشتری بکنند.

"شاید دقت بیشتری بکنند" را برای خودش گفت. هیچکس متوجه نشد. و احتمالن همه حرف‌های آخرش را...

مامور، با دیگری کلنجار را شروع کرده بود.

گام هایش باز نمی‌شدند، و مثل دو کنده سنگین تکان نمی‌خوردند. رغبت به خروج نداشتند.

حرف‌های مامور مثل پتک به سرش کوبیده شده بود:

"دیگر اینجا نیا!"

به سختی پاها را روی زمین کشاند و از اتاق خارج شد.

"با این شماره تماس بگیر"

حضورش کاری نکرده بود.

"خبرت می‌کنیم"

باخته بود.

مغبون، راهروی منتهی به پله های کمیسیون پزشکی را گرفت و سرازیر شد.

بعضی ها، همه چیزشان را داده‌اند. شاید سهم من از این دو چشم باشد. چاره‌ای نیست، باید پرداخت....همه مان بدهکاریم!!

روزی که گلابتون رفت

" دنبال چه سنگی هستی؟ "

مثل همه‌ی متولی‌های گورستان‌ها، کمی قوز داشت، جور بخصوصی راه می‌رفت، خش صدایش می‌خورد به چهره‌اش.

هنوزغروب نشده بود، ولی کسی آنجا نبود. مستقیم به طرفم آمد. کمی ترسیدم.

" اسمش چیه؟ "

اگر به اسم خودش دفنش کرده باشند، " گلابتون " بود.

" یعنی چه، مگرمی‌شود کسی را با اسم دیگری دفن کنند. چند وقته فوت کرده؟ "

" چند وقته فوت کرده؟... راستش نمی‌دانم. زمان فوتش را نمی‌دانم. "

" نسبتی با او داری؟ "

" بله "

" پس چرا نه می‌دانی کی فوت کرده و نه می‌دانی با چه اسمی دفنش کرده‌اند؟ اینجا هم جائی نیست که بگویم از سر بیکاری آمده‌ای.... "

" گفتی نسبتی با متوفا داری، چه نسبتی داری؟ "

" خاله مادرم بود، مثل مادرش بود، او بزرگش کرده بود، میشه گفت مادر بزرگم بود. "

" او همیشه خاله مادرت هست، چرا می‌گوئی بود، مگر هرکس فوت کرد نسبتش را هم از دست می‌دهد. "

چه پیله‌ای!، این همه سؤال جواب برای چیست. هوا، هم کمی سرد شده بود و هم داشت تاریک می‌شد.

" آقا چرا این همه می‌پرسید؟ "

" برای اینکه می‌خواهم گورش را نشانت بدهم. بدون نشانی گرفتن که نمی‌توانم کمکت کنم. خودت هم درست نمی‌دانی کی فوت کرده و شاید هم ندانی که واقعن در این گورستان است. در این شهر گورستان‌های متعددی هست. "

آقا من در این شهر زندگی نمی‌کنم. برحسب تصادف گذرم به اینجا افتاده، ولی می‌دانم که اهل این شهر بود و میدانم که دراین شهر درگذشته است. شاید مربوط به شصت سال پیش باشد "

" شصت سال پیش!! آقا، خدا پدرت را بیامرزد، زمان در گور بودن مرحومه شما مدت هاست تمام شده است. گمان نمی کنم بتوانم کمکت کنم. خدا بیامرزدش. حتمن شما بچه بوده‌اید که درگذشته ؟ "

راست می‌گفت من بچه بودم. خیلی دوستش داشتم، از مدرسه به عشق دیدن او می‌آمدم.

مهربان بود و بیش از هر "شهرزاد "ی! قصه می‌دانست. پدرم، مادرم را از او خواستگاری کرده بود. مادر بزرگم در زمان کودکی مادرم در گذشته بود. خواهر کوچکش "گلابتون" او را سرپرستی و بزرگ کرده بود.

پدر مادرم مثل بیشتر مردها کمی پس از مرگ همسرش، می‌رود پی زندگیش، گلابتون با ما یعنی در حقیقت با دخترش زندگی می‌کرد. و من و خواهرم، شیفته او بودیم. در آغوش او یا زیر چادرش احساس امنیت و آرامش می‌کردیم. هرگز با من زمخت حرف نمی‌زد و بخصوص به من و خواهرم صادقانه مهر می‌ورزید. استوار و با قدرت بود و پدرم بفهمی نفهمی ازش حساب می‌برد، ضمن اینکه بسیار شنیده بودم که می‌گفت مثل پسرم دوستش دارم.

مادرم را خیلی دوست داشت و کمترین دل گرفتگی اورا تحمل نمی‌کرد. هراز گاهی که پدرم سر سنگین می‌شد و باز تابش را سر مادرم خالی می‌کرد، زمانی بود که او را بر افروخته و سینه سپر کرده می‌دیدم. البته تبحری در گرفتن میانه کارداشت و مانع می‌شد که هر گونه دلخوری کش داده شود.

شب‌ها به هنگام خواب بهترین زمان با او بودن بود. تختخواب من و خواهرم را که به فاصله اندکی در یک اتاق در کنارهم قرار داشت، او راس وریس و جمع و جور و مرتب می‌کرد، و ما که بی‌تاب قصه‌هایش بودیم دور تختخواب ها می‌چرخیدیم، و بی‌حوصله تمام شدن کار را تحمل می‌کردیم.

می‌دانستیم که او پس از خواباندن ما با افسون قصه‌هایش، می‌رود به نشیمن و تاره بدون حضور ما به گپ و گفت می‌نشینند. این انتظار پدر و مادر برای بر گشت او بخصوص مرا، افسرده می‌کرد، می‌دانستم که قصه کوتاهی در انتظارمان است، ولی دهان گرم و نحوه بیانش چون داروی بیهوشی امان نمی‌داد که کارمان به اعتراض کشیده شود.

محیط گرم و خوبی داشتیم.

در زمستانها بخصوص شبهای تعطیل قصه‌ها به روایاتی تبدیل می‌شد که پدر و مادرم را نیز به شنیدن می‌کشاند.

گاه از شوهر مرحومش می‌گفت که برای خودش خانی بوده با بسیاری عمله اکره حرف شنو در اطرافش، و گاه از مسابقات اسب دوانی و شکارگاه‌ها تعریف می‌کرد که برایم جالب نبود.

من دلم می‌خواست داستان‌هائی بگوید که از ترس زیر لحاف کز کنم و آرزو کنم که من هم روزی چون آن ها بتوانم وارد قصه‌ها بشوم، و کارهائی چون آن‌ها انجام دهم. همین آرزو با من رشد کرد و شد کلاهی که تا حالا نیز اکثر شبها در رختخواب قبل از خواب بر سر می‌گذارم و غیب می‌شوم و راه می‌افتم برای جامه پوشاندن بر بسیاری از آرزوهایم.

حیوانات درون قصه‌هایش با همه‌ی درندگی بعضی از آنها، نه تنها دوستانش بودند، که حرف‌شنوی کامل هم داشتند، و از خواسته‌هایش فرمان می‌بردند. و این به من و خواهرم قوت قلب می‌داد.

در دنیای کودکی از اینکه او زبان همه‌ی حیوانات را می‌داند برایمان بهت‌انگیز بود، و آرزو می‌کردیم ما هم می‌توانستیم با آنها حرف بزنیم.

چه دستپخت محشری داشت و همه را هم به مادرم منتقل کرده بود. بوی قرمه سبزی او بیداد می‌کرد. و اصرار داشت که به هنگام خوردن غذا همه دور سفره باشیم. خواستی که پدرم هم کاملن از آن دفاع می‌کرد.

سفره‌های او هم پر و پیمون بود و هم چنان چیده می‌شد که تحمل را کم می‌کرد.

به واقع زن زحمت‌کشی بود. من شاهد بودم که گاه در حد لیس زدن، خانه را تر و تمیز می‌کرد، و از ما می‌خواست که چیزی را پخش و پلا نکنیم. در مجموع یگانه‌ای بود که گمان می‌کردیم همتا ندارد.

یک روز که از مدرسه آمدم و به شوق پناه بردن به او که بوی مهر مادری می‌داد، به سویش رفتم، روبراه نبود، زنگش صدای همیشگی را نداشت. آغوشش را دریغ نکرد، ولی از گرمی هر روزه تهی بود.

" بی‌بی گلاب جان، تو را به خدا ناراحت نباش. چرا امروز نمی‌خندی؟ ... امروز تو مدرسه پسر خوبی بودم، بپرس تا برایت بگویم.... بی‌بی جان مادر کجاست؟..." بغض امانم نداد. گلویم را فشرد و فشارش بصورت اشک از چشمانم بیرون زد. پریشان‌تر شد، دیدم که بغض او هم دارد گلویش را می‌فشارد. آغوشش را برایم باز کرد. به خودش چسباندم، و با صدای گرفته‌ای گفت:
" آرام باش عزیزم. پرس و جو نکن. مهم نیست. هرکسی بعضی روزها بی‌خود دلش می‌گیرد. درست می‌شود. برایم از شیطنت‌های مدرسه‌ات تعریف کن. "

نه، آن گلاب هر روز نبود. نفسش روانی هر روز را نداشت. موهایش که سرخی حنا را بخود گرفته بود برخلاف هر روز که مرتب و بسته بود افشان شده بود. ادامه ندادم. کیفم را برداشتم و برای اولین بار بی‌توشه‌ای از صفای برخورد همیشگی او و بی‌رمق و پکر به اتاقم رفتم. خواهرم که قبل از من از همین مرحله گذشته بود، گوشه‌ی تختخوابش به دیوار تکیه داده بود. مرا که دید با صدای گرفته‌ای گفت:
" رضا! بی بی گلاب را دیدی؟ "
" بله دیدم، ولی نگفت چه شده."
" من می‌دانم چه شده. بابا امروز مادر را کتک زده. "
تکان خوردم.
" کتک؟ مادر کتک خورده ؟ چرا؟ از کجا فهمیدی؟ "

" از مدرسه که آمدم بی بی گلاب در اتاق مادر بود. داشت او را می‌بوسید. شنیدم به مادر می‌گفت، ناراحت نباش. نمی‌گذارم این وضع ادامه پیدا کند. "

مادر با بغض و بریده بریده گفت:

" بی‌بی‌جان این اوضاع درست بشو نیست. می‌دانم که زیر سرش بلند شده... "

و بی‌بی گلاب گفت:

" گمان نمی‌کنم. او که هنوز تنبانش دوتا نشده است. "

گوش وایساده بودی زهره ؟ کار خوبی نکردی.

" نمی‌خواستم، ولی خوب شد که گوش کردم. وقتی از مدرسه آمدم و هر دوی آن ها را ندیدم، و صدایشان را از اتاق مادر شنیدم، کشانده شدم.

فهمیدم که پدر هم دست بزن دارد. و متوجه شدم که زده است توی گوش عزیز دردانه‌ی بی‌بی گلاب... "

" پدر که مرد مهربانی است، چرا؟ "

" من هم نمی‌دانم چرا؟ اما شنیدم که بی‌بی گل به مادر می‌گفت ... "

" چه می‌گفت؟ "

" بی‌بی گفت: تعجب می‌کنم، این که مرد مهربانی بود، چرا تو را کتک زده است. ازاین فعل‌ها نداشت، که نفهمیدم یعنی چه، ولی مادر در جواب یکبار دیگر گفت: " زیر سرش بلند شده، گمان می‌کنم کسی دلش را برده. "

مادر و نه بی‌بی گلاب، با سینی چای و شیر و بیسکویت آمد. صورتش گل انداخته بود و چشمانش نشان می‌داد که از اشک تهی است، هرچه داشته ریخته بود. سینی را روی میز درسمان گذاشت و فقط گفت:

" دست و رویتان را بشوئید و عصرانه‌تان را بخورید. "

بدون حرف دیگری از اتاق خارج شد. مادر همیشگی نبود. وجود هر دوی ما را عذاب پر کرد. بهم نگاه کردیم و به نوبت دست و رویمان را شستیم. من فقط شیر و چای خوردم ولی زهرا به هیچکدام لب نزد. درست نمی‌دانستیم چگونه و کی شروع شده است. پدر معمولن این موقع‌ها خانه نمی‌آمد. از آغاز و انجامش خبر

درستی نداشتیم پریشان بودیم. تا حالا از این کارها در خانه‌مان سابقه نداشت.
تصمیم گرفتیم از اتاقمان بیرون نرویم.
زهره شروع کرد به کشیدن نقاشی، منهم کتابم را باز کردم تا درسم را رونویسی
کنم، ولی هر دو حواس درستی نداشتیم. بلاتکلیف بودیم. می‌دانستیم که خانه‌ی
هرروزی نیست و از فضای آرام فاصله گرفته است.

پدر جز در برابر بی‌بی گل، برای همه‌ی ما نیمچه دیکتاتوری بود. بیشتر با تحکم
حرف می‌زد و خشونتی را همیشه در چهره داشت. مرد کم‌حرفی بود. و حرمت
بی‌بی گلابتون را همیشه نگه میداشت و متوجه شده بودیم که مادر را دوست دارد.
مادر بخاطر سوادش یک جورائی ذهن و زبان شوهرش بود و دیده بودیم که گه گاه
برایش کتاب می‌خواند و وقتی فال حافظ می‌گرفت نشئه‌اش می‌شد. یکبار گفت:
" چه حافظی می خوانی زن "
چرا امروز همه چیز زیرورو شده است؟ چرا زیر سر پدر باید بلند شده باشد؟
بخاطر داستان‌های بی‌بی، هر دوی ما می‌دانستیم که "زیر سرش بلند شده" و دوتا
شدن تنبان به چه چیز اشاره دارد. در داستان‌هائی که برایمان می‌گفت، به این دو
موضوع زیاد اشاره کرده بود. بخصوص مردها وقتی کار و بارشان خوب می‌شود
می‌روند سراغ کارهای دیگر. ولی نمی‌دانستیم چرا پدر زیر سرش بلند شده است.

کسی برای شام سراغمان نیامد. خانه در سکوت بدی فرو رفته بود. به زهره گفتم
برود بیرون ببیند چه خبر است، قبول نکرد. خودم هم نمی‌خواستم بروم. دلم
نمی‌خواست پدر یا مادر را ببینم. اما بی‌بی که دلش طاقت نیاورده بود، برایمان شام
آورد. نشست پشت میز تحریر. با محبت تمام گفت تا شما شامتان را بخورید من
این سینی را که دستش هم نزده‌اید می برم و برای قصه‌ی موقع خوابتان بر
می‌گردم. و تا ما شروع به خوردن نکرده بودم اتاق را ترک نکرد.
شنیدیم که مادر ازش پرسید بچه‌هایم خواب بودند؟ کاش می‌ماندی تا بخورند.
پاسخ بی‌بی نا مفهوم بود، ولی سکوت مادر حاکی از رضایتش بود.

" بگذار بچهها را بخوابانم، امشب تا با "وهاب" صحبت نکنم نخواهم خوابید. باید بفهمم که جریان از چه قرار است. "

و مادر آرام جوابش را داد:

" بیبی جان امشب نه، بگذارش برای وقتی دیگر. تا بچهها بخوابند و تو فرصت صحبت با وهاب را بیابی دیروقت میشود. اگر میخواهی تکلیف را روشن کنی امشب موقعش نیست. "

دلهره داشتیم، کمی هم میترسیدیم. غصهمان شده بود که دارد چه میشود. دلم میخواست در اتاق را در حد یک درز باز کنم تا صحبتهای آرامشان را هم بشنوم. ولی وقتی بیبی گفت باشه میگذارم برای فردا، کمی آرام شدیم.

بیبی آمد، خنده بر لب هم آمد اما در حرکاتش آرامش همیشگی دیده نمیشد. آرامشی که برما تاثیر خوبی داشت و آماده میشدیم برای شنیدن قصه و خوابی که به دنبالش میآمد.

بیبی آمده بود تا نشان بده که همه چیز مثل سابق است. مثل شب های دیگر اول چراغ خواب را روشن کرد و بعد کلید چراغ اصلی را از کار انداخت، روی صندلی بین دو تخت نشست و از ما خواست که چشم هایمان را ببندیم و به خود حالت خواب بدهیم تا برایمان قصه بگوید.

من و خواهرم نگاهی از هم گذراندیم و به حالت هر شب خود را آماده شنیدن نشان دادیم. و او داستان ازدواج پدر و مادر را و آنچه که در این مورد نمیدانستیم بصورت قصه برایمان تعریف کرد. او بیشتر قصههایش را از ذهن خودش روایت میکرد، و با هوشیاری تمام با توجه به زمان آنها را میپرداخت. ما از بیم اینکه بیبی گلابتون ناراحت نشود خود را بخواب زدیم در حالیکه تازه متوجه شده بودیم که مرد قصه کسی جز پدر نمی توانست باشد، قصد ازدواج مجدد دارد.

پس مادر با دانستن این قصد تاکید داشت که زیر سرش بلند شده است.

وقتی خیالش راحت شد که ما خوابیدهایم آهسته در را باز کرد و مثل سایه آرام و بیصدا بیرون رفت.

ولی ما بیدار بودیم. با آنچه که گذشته بود و داستانی که بی‌بی گلابتون سر هم کرده بود، خواب از سرمان پریده بود. بیشتر نگران بودیم تا به فکر خواب.

چرا برای چندمین بار به دنباله قصه‌اش از سنگ صبور گفت؟ از سنگ صبوری که دیگر صبور نبود... یا نمی‌خواست صبور باشد. حرف‌هائی که از زبان قصه‌گو بیان می‌کرد بوی عدم تحمل و نارضایتی شدید می‌داد.

واضح نمی‌گفت ولی ما بر پایه آنچه که گذشته بود، با همه ی کم سنی پیامش را دریافت کردیم، و بغضمان گرفت و با افکاری پریشان بخواب رفتیم. من آنشب برای اولین بار فهمیدم که کابوس چیست.

از خواب که بر خاستیم با شنیدن صدای پدر که می بایستی در آن موقع خانه نباشد حالمان گرفته شد. دلمان نمی‌خواست به مدرسه برویم.

" خاله! مانده‌ام خانه تا پس از رفتن بچه‌ها حرفم را بگویم..."

این اولین باری بود که بجای "بیب گلابتون" و "مادر" او را " خاله " می‌نامید.

راست می گفت او " خاله " مادرمان بود. ولی گفته نمی‌شد.

وقتی کاملن آماده رفتن به مدرسه شدم پدرم به صدا درآمد.

" پس خواهرت کجاست؟ "

" دلش درد می‌کند حالش هم بهم می‌خورد."

پدر که نیمه‌عصبانی بطرف اتاقمان رفت من از خانه زدم بیرون.

حواسم صدجا می‌رفت. نمی‌دانستم چه میوه‌ای حاصل این طوفان است.

پدر چه می‌خواست به بی‌بی گلابتون بگوید؟ با آن حالی که سراغ خواهرم رفت، چه به روزش آورد.

قرار بود به بهانه درد شکم بماند و گوش بخواباند، تا بدانیم چه ماجرائی در جریان است.

به خانه که برگشتم بی توقف به اتاقم رفتم، زهره را پریشان دیدم. خانه در سکوتی عذاب دهنده غرق شده بود.

روی تخت کنار خواهرم نشستم. انتظار خبرهای خوبی را نداشتم.

یادم می‌آید که نمی‌دانستم چکار کنم، چون بزرگتر بودم احساس می‌کردم مسئولیت دارم، باید کاری می‌کردم، حداقل برای خواهرم که مظلومانه نگاهم می‌کرد.

" زهره جان خبری بود؟ "

دلم می‌خواست بگوید: نه. اما سنگینی سکوت و به چشم نیامدن هیچکدام از افراد خانه، فاصله زیادی با دلخواه من را نشان می‌داد.

"کمتر از ده دقیقه پس از رفتن تو و آمدن پدر به اتاق من که خودم را به خواب زده بودم، چنین شنیدم:

" خاله! من دارم ازدواج می‌کنم ... وکالتی عقدش کرده‌ام ... اسمش "سعادت" است. تهران که بودیم، آبجی کبرا ترتیب دیدار ما را داد. ازش خوشم آمد."

و بی‌بی گلابتون با صدای ترسناکی گفت:

" نامرد! "

و ادامه داد:

" اگر همین امروز ردش نکنی برود سراغ کارش، من در این خانه‌ی متعفن نمی‌مانم ..."

" رضا نمی دانم درست می گویم یا نه. من این ها درذهنم مانده..."

" رضا داری گریه می‌کنی؟ چرا؟ "

"زهره بدبخت شدیم. هم داریم بی‌بی را از دست می‌دهیم هم آرامش مادر را. هم خانه گرم و نرم را ... زهره تو گریه‌ات نگرفته؟ تو اصلن میدانی چه دارد به روزمان می‌آید؟ ... حالا کجا هستند؟ هیچکدامشان را ندیدم."

"زهره، پدر در جواب بی‌بی گلابتون چه گفت "

گفت:

" خاله سخت نگیر. کار خلاف شرعی که نکرده‌ام. من که نگفتم صفیه را طلاق می‌دهم. او برای همیشه خاتون خانه خواهد ماند... و باز بی بی با همان صدای خوفناک ولی بلندتر گفت:

"خیلی بی‌غیرتی ..."

" و دیدم که پدر را ترک کرد و به اتاق خودش رفت.... و پدر به دنبالش داد کشید:

به خدا داری اشتباه می‌کنی بیب گلابتون..."

"زهره پدر بجای خاله مجددن گفت بیب گلابتون؟"

"بله "

ولی بی‌بی گفت من گلابتون مرد هوسبازی مثل تو نیستم... دیگر جای من دراین خانه نیست."

صبح زود با مادر حرف می‌زد

"...صفیه! بخواهی می‌توانم طلاقت را بگیرم.

می‌دانم هووداری چقدر ناگوار است، ولی گمان نمی‌کنم طلاق راه درستی باشد.

اما، هر زمان فکر کردی که تنها راه است خبرم کن، با پلک بهم زدنی تمامش می‌کنم. ولی اینجا دیگر جای من نیست. تصمیمم را گرفته‌ام. دلم نمی‌خواهد حتا یکبار دیگر وهاب را ببینم. تو زنش هستی ولی من اجباری ندارم.

نامردی را نمی‌توانم تحمل کنم. رویش هم دیگر باز شده است. کبک عشقش هم فعلن خروس می‌خواند، و از شوق دارد با دمش گردو می‌شکند. اما اطمینان داشته باش که در کوتاه زمانی، دیگر دُمی برایش نمی‌ماند و بجایش شاخش از پشیمانی درخواهد آمد. و برای این زندگی که داشت آه خواهد کشید، ولی دیگر دیر خواهد بود.

بی بی گلابتون هرچه داشت برای مادرم گذاشت و با یک بقچه قهوه‌ای رنگ که شاید کمترین وسائل اولیه‌اش را در خود داشت همان صبحی که پدر هم خانه نبود همرا با مادر ومن وزهره با ماشین همسایه به ایستگاه راه‌آهن رفت.

مانع شد که همراهش تا نزدیک قطار برویم... بقیه راه را در حالیکه شلوار زنانه‌اش را در جورابهایش فرو برده بود بدون ما پیاده رفت...

من برای آخرین بار در دور رس نگاهم زنی باریک اندام را که بقچه قهوه‌ای رنگی زیر بغل داشت دیدم که آرام آرام گام بر می‌داشت و نمی‌دانم به کجا می‌رفت....

رفت و کتاب هزار و یک شبش را بر روی ما بست تا بقیه کودکی را با فکری آزار دهنده بخوابیم. گلابتون رفت و بستر حریر قصه‌هایش را که در بقچه‌اش پیچیده بود با خود برد..... و علاوه برمن، مادرمان را هم در تلاطم خانه‌ای که دیگر هرگز روی آرامش ندید رها کرد...

احساس کردم هوا دارد تاریک می‌شود...خورشید هم داشت خودش را در پناه ابر پنهان می‌کرد. باور نمی‌کردم دیگر آغوش مهربان بی‌بی نازنینی چون گلابتون را ندارم... بهت زده برجای ماند بودم... فکر می‌کردم که چقدر راحت و سریع می‌شود همه چیز را داغون کرد

بی‌بی یگانه من در کمتر از سه ماه پس از رفتنش، دنیا را هم واگذاشت. و حالا من گوری هم از او نمی‌یابم.

آقا فتح‌الله

شال وکلاه کرده، درآستانه در، می‌رفت خارج شود که اشارات چشم و ابروی"
فخری" متوقفش کرد:

" بازم که فراموش کردی."

با کمی خجالت، به آرامی، زیپ را بالا کشید و زیر لب، دلخور از اینهمه فراموشی،
چیزهائی گفت. چتر را که کنار در خروجی، در محوطه کفش‌کن، به سه کنج دیوار
تکیه داده بودند، برداشت و در را پشت سرش بست.

روزهای بارانی، آنکه زودتر چتررا برمی‌داشت، خشک‌تر به خانه باز می‌گشت. در
این فصل، تا حالا، دو سه چتر سر به نیست شده بود که همه را هم " فتح‌الله
" باعث بود. با چتر می‌رفت و خیس برمی‌گشت.

" فتح‌الله، بالاخره، یه روز خودشم جا میذاره. از بس چتر و عینک و خودکار گم
کرده که نمی‌دونیم چکار کنیم. مدتیه عینکشو به گردنش آویزون می‌کنه، اما گم و
گورشدن اونای دیگه، هنوزم ادامه داره "

از وقتی به خواست و اصرار فخری، ریش توپی گذاشته بود، با آن کلاه شاپوی
مشکی قدیمی، بیشتر به "خاخام"ها شبیه شده بود تا به آنچه که فخری می‌خواست.
با همه سخت‌گیری‌ها و حتی قربان صدقه رفتن‌ها زیر بار نرفته بود و ازکلاه دست
بر نداشته بود. گاهی اوقات کنار آینه قبل از اینکه کلاه را بر سر بگذارد اسیر
چنگال فخری می‌شد که با خشم موهایش را بهم میزد و می‌گفت:

" من نمی‌دانم تو با این موهای روبراه چه احتیاجی به کلاه داری؟ "

ولی فتح‌الله، انگارکه تنها سند " فتح‌الله خان" بودنش همین کلاه باشد، آن را
دودستی چسبیده بود و نمی‌گذاشت کسی چپ به آن نگاه کند. و این ازموارد نادری
بود که حرفش را به کرسی نشانده بود. هرچند فخری هم دست بردارنبود و گاه و
بیگاه نیش خودش را می‌زد:

" پناه بر خدا، مث اینکه به سرش چسبیده. او که همه چیز را گم می کنه، نمی دانم چرا این ادبار لعنتی همیشه سر جاشه. "

آرام، کم حرف، قانع و کم تحرک بود، انگارکه مادرزاد میرزا بنویس متولد شده باشد. میانه‌ای با کار یدی نداشت، سالها کار یکنواخت دراداره ثبت، رابطه‌اش را با هیجانِ کاریِ قطع کرده بود، و پس از پاکسازی، همین یکنواختی را هم نداشت، و بقول خودش " باطل " شده بود. و این بطالت ادامه داشت تا حالا که به ابتکار فخری خانم دستش در " تدارکات! " بند شده بود. و البته کماکان، پشت میز نشین.

فخری در هر فرصتی تکرار میکرد:

" مرد خوبه که آتیش از دست و پاش بباره. "

و پاسخ همیشگی فتح‌الله، لبخندی بود که فخری را آتش می‌زد.

"این خنده فتح‌الله، تا هرچه نه بدتر آدمو می‌سوزونه. "

حاصل حدود ۱۵ سال ازدواجشان، دو دختر و یک پسر بود که هر کدام بنحوی خرج داشتند و هزار خرده فرمایش که بایستی بشکلی راس و ریس می‌شد، و خاطر فتح‌الله خان که خیلی میانه‌ای با کار و زحمت، آنهم درآن حال و هوا را نداشت از این بابت شدیدن آزرده بود.

در و همسایه ها، حتا تعدادی از خویشان هم، فقط می دانستند که فتح‌الله در" تدارکات " کار می‌کند. اما هیچ‌کس نمی‌دانست که چه تدارکاتی، یا تدارکات کدام محل.

" مبادا بگی کجا کار میکنی، چون تا وقتی که نمی‌دانند، خطری واسمون نداره. "

و فتح‌الله نمی‌دانست چرا نباید بگوید که کجا کار می‌کند. و نمی‌دانست چه خطری درکمین است که فخری همانند یک سَر نظامی از افشا کردنش خودداری می‌کند.

با زیبائی گیرای چشمانی درشت و سیاه که صورتی خوش ترکیب را رونقی فریبا داده بود و با گونه‌های برجسته و موهای بلند، حدود ۳۰- ۳۵ ساله بنظر می‌رسید، و هنوز هم، وقتی دستی به خودش می‌کشید آب را از لب و لوچه فتح‌الله راه می‌انداخت.

سر و زبان‌دار و زبر و زرنگ بود و خوب می‌دانست که شتر را کجا بخواباند.

فتح‌الله را به واقع دوست داشت، هر چند به هر اندازه که تیغش می‌برید او را سرد و گرم میکرد. و البته فتح‌الله هم درسش را روان بود و بموقع در قالب "فتح‌الله خان" کلاه را کج می‌گذاشت و تند می‌نشست و مرغ را سریک پا نگه می‌داشت و به آنچه که می‌خواست می‌رسید.

در حقیقت نه فتح‌الله "سیّد" بود و نه فخری "فخرالدوله"، توی همه اوراق و اسناد هم فقط "فتح‌الله" بود و "فخری" و تا ۸ - ۹ سال پیش هم ادامه داشت، تا آنروز که فخری خانم خواب‌نما شده بود و بجای اینکه بگوید "فتح‌الله" یا مثل مواقعی که سرخوش بود یک "خان" هم به دنبالش بچسباند، گفته بود:

"سیّد بیا اینجا، باهات کار دارم."

و فتح‌الله، بی‌خبر از همه‌جا، به روزنامه خواندن ادامه داده بود. و با فریاد فخری که:

"با تو هستم، مگه تو سیّد فتح‌الله نیستی؟ چرا سر تو ازتوی آن صاب مرده بلند نمی‌کنی؟"

مبهوت، روزنامه را کنار گذاشته بود و این طرف و آن طرف خود را پائیده بود. ولی با غرش بعدی خانم که:

"چرا ماتت برده؟ چرا این ور و آن ورو نگاه می‌کنی؟"

گفته بود:

"نه، فخری جون، من سید فتح‌الله نیستم. دست بالاش فتح‌الله خان‌ام، و گرنه همان "فتح‌الله" همیشگی‌ام، سیّد! دیگه از کجا اومده؟"

فخری متوجه شده بود که فتح‌الله، به این زودی تو باغ بیا نیست، داد و فریاد هم فایده‌ای ندارد، وفهمیده بود که تنها راهش، روکردن شگرد همیشگی است. و رفته بود توی جلد آن شیطنت‌های گه‌گاه، که حاصلش کشاندن بی اراده فتح‌الله به قربانگاه بود.

به آرامی، ازنشیمن رفته بود بیرون و در بازگشت شده بود همانی که فتح‌الله را از هر کاردیگری باز میداشت و مثل برّه به دنبال خودش می‌کشاند.

پخش رایحه ملایم عطری دلخواه وآشنا، مور مور لازم را به تن فتح‌الله انداخته بود، و نحوه راه رفتن و صحبت کردنش، بخصوص وقتی که با دنیائی از عشوه گفته بود:

" فتح‌الله جون، نمی‌خوای اون روزنامه را کناربزاری؟ "

فتح‌الله را متوجه کرده بود که موضوعی بنیانی درکار است. از آن کارهائی که پس ازمدتها، فخری را واداشته بود که سنگ تمام بگذارد. و به خودش گفته بود:

" فتح‌الله موقعش است که کمی خوددار باشی، اگه وابدی، مثل خیلی از دفعات قبل، توخماری میمونی و همه چیز ناتموم، تموم میشه. بهتره خودتو بزنی به خنگی و تا به نوائی که مدتی است ازش محرومی نرسی، نیای تو باغ، و فتح‌الله خان گل باقی بمونی. "

و از روز بعد، برای مصلحت روزگار و پیشبرد اهداف! " فتح‌الله " همیشگی و " فتح الله‌خان " گه‌گاه، شده بود، "سیّد فتح‌الله " همیشگی، و

" سیّد " گه‌گاه، و فخری هم شده بود، " فخرالدوله! " و همانطورکه پیش‌بینی کرده بودند، بعد از مدتی این القاب جا افتاد بود و با عوض کردن محله، دیگر مشکلی نداشتند و هیچوقت هم کسی پی جور نشده بود. و شدند محبوب دو جانبه، آنها که تازه آمده بودند، احترام " سیّد " را داشتند و قدیمی‌ها هوای " فخرالدوله " را، که احتمالن، دو سه پشتش! می خورد به "عباس میرزای " ناکام و برای گروهی شده بود عزیزی که ذلیل شده است.

فخری بازی را خوب بلد بود، بسته به آدماش و جایش، آنقدرازحرمت "سیّد" حرف می‌زد که گمان میکردند طرف کلی کرامت دارد، وتیر خلاص را وقتی شلیک می‌کرد که می‌گفت:

" به خاطر تَبَرُک جَدش، زنش شدم. "

و درجائی دیگر، با غبنی جگر سوز ازسپری شدن شکوفائی گذشته و از والده "اعظم‌الدوله " و ابوی "مهترالسلطنه " حرف می‌زد که بغضشان می‌گرفت، وگاه بیاد آنهمه شوکت از دست رفته قطره اشکی هم می‌ریختند، و فخرالدوله حداقل سودش عزت و احترام زیادی بود که به قول سیّد:

" برایش جان می‌داد "

و بُردِ مالی و لفت و لیس کافی که هدف نهائی بود. و آنجا که لازم می‌دید و بو میکشید زمینه‌اش مساعد است، آنچنان ماهرانه از " تدارکات " حرف می‌زد که طرف

مبهوت و گیج می‌شد. نگاهش را به دوردست میدوخت، به چهره اش حالت معصومین را می‌داد وگوئی با عالم غیب حرف می‌زد. شمرده و آرام صحبت می‌کرد:

" خب دیگه، انسان باید ایثار داشته باشه، وقتی که لازمه، بی‌توجه به همه چیز، باید فداکار باشه وکار تدارکاتو قبول کنه. "

و بدین ترتیب "تدارکات" را درهاله‌ای از ابهام می‌پیچید و وانمود می‌کرد که پشت در آن، دنیای پر رمز و رازی وجود دارد که "سیّد" متولی آن است. و همانقدرهم که کم وبیش باورشان می‌شد برای فخری کافی بود.

" سیّد فتح‌الله! " درحقیقت میرزا بنویس کمیته تدارکات یخچال، جارو برقی، تلویزیون و... در مسجد بود و مورد اعتماد "حاج‌آقا " و گاه اتفاق می‌افتاد که از هردو طرف سهمی می‌برد، مستقیم و غیر مستقیم. و خانه‌شان هر روز پرو پیمان‌تر می‌شد و اوضاعشان روبراه. و فخری با دمش گردو می‌شکست و همچون یک طراح جنگی از تاکتیک طلائیش حرف می‌زد. و فتح‌الله خیره میشد توی صورتش که گل می انداخت و شعفی که زیر پوستش می‌دوید. فخرالدوله، هرازگاهی به میهمانی‌های زیر جلی و آنچنانی می‌رفت و دمخور آنها می‌شد، و کیف میکرد، و توی خانه گُرِده همه را زیر بار منت می‌فشرد که:

" اگر من نبودم حالا کسی برای فتح‌الله تره هم خرد نمی‌کرد، و بایستی به نون شب محتاج باشیم. از فتح‌الله بهتراش هم، بیکارن و راه بجائی ندارند. "

طفلکی بچه‌ها نمی‌دانستند که بین دوست وآشنا و درحشر و نشرهایشان چکار کنند، فرزندان خلف فتح‌الله باشند یا عزیزدردانه‌های فخرالدوله وکم‌کم داشتند بدون فراگیری چیزی از کبک، راه رفتن خودشان را هم فراموش می‌کردند، و درعوض کبک فخرالدوله خروس میخواند وهمه چیز برایش روبراه بود، تا آن روز صبح که "سیّد" پس از بالاکشدن زیپ و گذاشتن کلاه، چتر را برداشته و رفته بود.

به " تدارکات " رسیده نرسیده، حاج‌آقا آمده بود سراغش:

" سیّد عیالت اسمش، فخرالدوله است؟ "

فتح‌الله، تکان کوچکی خورده بود، و دستش را که می‌خواست لرزش بیشتری را نشان بدهد، برده بود زیر میز و ساکت مانده بود. نمی‌دانست چه خبرشده و چه باید بگوید.

" چند وقته زن و شوهرید؟ "

" حدود ۱۴-۱۵ ساله "

" جائی کارمیکنه؟ "

" نه، کار نمی‌کنه. "

و با کمی مکث، و با تسلط به تکان اولیه، گفته بود:

"حاج آقا این سئوالها واسی چیه؟ "

"مدتیه که حرف‌هائی راجع به تو و عیالت میگن، دیروز هم یک نامه بلند بالائی آمده که خیلی حرفها توشه."

سیّد فتح الله!، نگاه بی‌پلکش را ثابت به حاج آقا دوخته بود واحساس کرده بود چیزی توی دلش ساب می‌رود. می‌دانست اگر لیز بخورد تا جائی که استخوانهایش خاکشیر بشود باید برود.

در هیبت، سیّدی واقعی! سرفه‌ای کرده بود و با صدائی از معمول بلند ترگفته بود: "حتمن مفسدین این کار را کرده‌اند."

وتوی دلش قند آب شده بود که توانسته باب میل حاج‌آقا حرف بزند. بخصوص که کلمه، "مفسدین" را غلیظ ادا کرده بود. ولی لبخندش دلخوری را توی صورت حاج آقا نشانده بود.

"نه، سیّد، مفسدین نیستند، اگر بودند می دانستم چه بلائی سرشان بیاورم. فکر می کنم ازخودی‌ها باشن."

سیّد ترسیده بود، خوب میدانست که چه بلاهائی می‌توانند در بیاورند، و فکر کرده بود:

" پس حاج‌آقای خودمان هم می‌تونه بلا نازل کنه. "

و تعدادی از بلاهائی که قبلاً نازل شده بود توی سرش راه افتاده بود. سردش شده بود. بی‌قراری و دلهره، ترس و خستگی را تا زانوهایش بالاکشیده بود، و درمانده‌اش کرده بود.

با مته چشمانش چهره حاج آقا را به دنبال محبت همیشگی کاوش می‌کرد و نمی‌یافت، ردپائی هم دیده نمی‌شد. حاج‌آقا از بن‌بست نجاتش داد:

" بهتره واسه بستن دهانشون، از فردا بروی توی انبار بغل دس اونی که حالا هس، حواله‌ها را بگیری و کمک کنی که وسائل خریده شده را تحویلشان بدهی تا همه شون ببینن که آدم زحمت کشی هستی. "

فتح الله احساس کرده بود کارش در"تدارکات" دارد تمام می شود، حاج آقا داشت از پشت میز بیرونش می‌کشید. فکر کرده بود که دارد زیر پایش را خالی می‌کند، بی‌هوا گفته بود:

" آخه حاج‌آقا، من کارمند تدارکات‌ام، تو انبار نمی‌توانم ... "

حاج‌آقا، ازکوره دررفته بود و امان نداده بود که حرفش تمام شود.

" تدارکات یعنی چی؟ این تدارکات چیه که تو نامه هم نوشتن؟ میگن چرا باید سیّد تو تدارکات باشه اما ما نباشیم؟ و پیله کرده بود که بایستی موضوع " تدارکات " روشن شود و گفته بود:

" تو اصلن میدونی که کارمند کمیته هستی؟ کمیته محل؟ "

و روزگار سیّد سیاه شده بود وقتی بی‌توجه گفته بود:

" بله حاج‌آقا، منظور منم همینه، منظورم کمیته تدارکاته. "

و حاج آقا روی واقعیش را نشان داده بود و با گستاخی زده بود توی گوش سیّد و گفته بود:

" ولدزنا! "

و برق " بلا " توی چشمان سید ریخته شده بود، و احساس کرده بود که دارد می‌آید، این مقدمه است.

بی پاسخی به حاج‌آقا، با چشمانی پراز اشک چتر را برداشته بود و بی خداحافظی زده بود بیرون.

وقتی فخرالدوله! در را باز کرد و سیّد! را بدون کلاه دید، درحالیکه چتر را همراه دارد، هاج و واج مانده بود:

" خدا مرگم بده پس کلات کو؟ "

" جائیه که نمیرم سراغش. "

چتر را به آرامی به همان سه کنج دیوار تکیه داده بود، نگاهی به چوب رختی، جائیکه می‌بایست کلاه را آویزان می‌کرد انداخت، دستی به موهایش کشید و ساکت روی مبل نشست. فخری ناآرام، کنارش ایستاد و چون هوا را پس می‌دید، آهسته پرسید:

" فتح‌الله جون چی شده؟ کجا بودی که اینطور آشفته و بی‌کلاه آمدی؟ "

فتح‌الله نجوا کرده بود:

" از کمیته میام، از کمتیه محل، همانجائی که همه چیز و تدارک می‌بینه، حتی نزول بلاها رو، جائیکه دیگه، اگه از گشنگی بمیرم، برنمی‌گردم. "

و فخری با تَغییرَ گفته بود:

" یعنی چه؟ "

" یعنی همین که گفتم، دیگه نمیخوام با آ ن نامرد کار کنم. "

" کدوم نامرد؟ "

" اون ولد زنا "

اوهام

نمی‌دانم چرا بوی کافور رهایم نمی‌کند؟ از هر وسیله معطر کننده‌ای هم که دم دست دارم بوی تند و تیز کافور بیرون می‌زند. همه آن‌هائی را هم که می‌شناسم، که مراوده دارم، که می‌بوسم، که در آغوش می‌گیرم همین بو را می‌دهند.

اول لا که این جور نبود، و هر چیزی بوی خودش را داشت، خیلی با بو میانه‌ای نداشتم؛ احتیاجی هم نبود. چون رخدادها هر کدام بطور طبیعی بوی خودشان را داشتند. می‌خواهم بگویم زندگی شکل طبیعی و نرمال خودش را داشت. اما همین جور که جلو رفتیم، بوهای جور واجور هم پیدایشان شد. اولین باری که گلهای روی میز کارم را بو کردم، کاری که معمولن نمی‌کردم، دیدم بو نمی‌دهند. تعجب کردم. بوی میخک را خیلی دوست دارم، آن را از بین بقیه جدا کردم تا به تنهائی بو کنم. بو نمی داد. عین خل ها به مادرم تلفن کردم و پرسیدم:

گل میخک تو خانه داریم ؟

طفلک با تعجب پرسید:

از کار زنگ زدی ببینی تو خانه گل میخک داریم..؟ نه پسرم نداریم.

با کمی ناراحتی پرسیدم:

ما تو خانه اصلن گل نداریم؟

با مهربانی تمام گفت:

چرا پسرم گل داریم، گل میخک پرسیدی، گفتم نداریم، حالا اینرسو جو برای چی هست؟

آخر گلهائی که اینجا تو دفتر دارم، بو نمی‌دهند. حتا گل میخکم.

حتمن سرما خورده‌ای، چقدر التماس می کنم که شبها رویت را پس نزن.

از همان روز اولی که دیدمش و خواهرم به من معرفیش کرد، در یک مجلس ترحیم بود. بوی کافور بینی‌ام را پرکرد. اهمیت ندادم. فقط خواهرم را کنار کشیدم:

- چرا به جای بوی گلاب که مخصوص این جور جاهاست، همه جا را بوی کافور پر کرده است؟

- کافور؟

- بله کافور، تو متوجه نشده‌ای؟

- چه حرفا! کافور مال موقع خاکسپاری است. آن هم نه همیشه. آن آقا را نگاه کن.

- کدام را؟

- همون که گلاب پاش دستشه. داره گلاب می‌گردونه. کافور کجا بوده.

- اسم دوستت چی بود؟

- دوستم کیه؟

- بازی در نیار زری

- اون خوشگله را می‌گم که کنار مادر نشسته.

- سوسن؟

- چه اسم قشنگی؟

- خودشم دختر ماهیه!

- دارم کلافه می‌شم،

- نکنه از بوی کافور!؟

- مسخره می‌کنی؟ می‌گم شاید عطر سوسن خانم کافوریه!

چه می‌گی محسن؟ دست از سر کچلم بردار. عطر یاس نیناریچی زده، شاید بویائی خودت عیب پیدا کرده؟

مامان گفته بود که مدتی است بو را تشخیص نمی‌دهی، بوی کافور دیگه چیه؟

- من میروم زری، تحمل ندارم،

– خب گیریم که بوی کافور هم بیاید، بوی آن در حد این همه ادا نیست. این هم یه بو، مثل بوهای دیگس.

ضمنن صبر کن با هم برویم. من که ماشین نیاوردم، تازه سوسن هم میاد خانه ما تا برادرش بیاید سراغش.

از همان شب شروع شد. هر کار کردم افاقه نکرد. هر جا می رفتم این بو همراهم بود. داشتم روانی می شدم. یعنی روانی هم شده ام. به توصیه سوسن " که حالا نامزد بودیم " سراغ انواع اقسام دکترها رفتم.

خانه ما علاوه بر انواع محصولات معطر مارک دار، پر شده بود از بوی، انواع عود، اسپند و کُندر. ولی کماکان بوی غالب بوی کافور بود.

اولین بار که بوسیدمش از شکاف سینه اش بوی کافور بیرون زد. به او گفتم. تعجب کرد و اعتراض. با حالت برافروخته و عصبی گفت:

چی میگی محسن! این یکی از گران ترین عطر هاست که من زده ام...

خجالت کشیدم، کوتاه آمدم، و از خودم بدم آمد. مدتی سراغش نرفتم، راستش رویم نمی شد. بیشتر تلفنی حرف میزدیم. بهانه می آوردم. متوجه شد.

– محسن مثل اینکه علاقه ای به دیدن من نداری..؟

چی داشتم بگویم. بی قرار بودم. گوشی تلفن هم کم کم داشت بویناک می شد. مدت ها بود همه ادکلن هایم را کنار گذاشته بودم. احساس می کردم از سوراخ های پوستم هم بوی کافور بیرون می زد.

– با روانپزشک دیگری قرار گذاشته ام، می خواستم پس از آن، تو را ببینم و نتیجه را به اطلاعت برسانم. با این اعتراف که:

کلافه دیدنت هستم...

– کی قرار داری؟

– هفته آینده.

– بیا سراغم، من هم می آیم.

و بعد اضافه کرد:

- می خواهم جلوی تو به دکتر بگویم شکاف سینه ام را بو بکشد.

در حرف هایش احساس شوخی نکردم. زن ها وقتی بخواهند به راحتی شوالیه را هم از اوج زین به زیر می کشند، شمشیرش را غلاف می کنند و به دنبال خود می کشانند...

با فشار به خودم، با لحن شوخی و برای تلافی گفتم:

- اگر تائید کرد چی؟

- دکتر ها خوش ذوق اند و یکه شناس، به خوبی سره را از ناسره تشخیص می دهند.

دلم می خواست در مطب دکتر بودم و هر دو سوراخ بینی اش را پر از کافور می کردم. ولی من که هنوز با روانپزشکی قرار هم نگذاشته بودم. کوتاه آمدم.

- قرار است روز دقیقش را به من اطلاع بدهند. خبرت می کنم. ولی واقعن تو می خواهی با من بیائی؟

- تنها می خواهی بروی یا با عزیز؟

این هم نیشیی دیگر

- نه، با تو

آن دورها، پشت افقی که دیگر نیست، بوی رُز بود، از قِمصر تا رختخواب. و بر هره ها بوی پیچ امین الدوله یود و نرگس زار که مست بود و مست می کرد. و بوی کافور فقط در کفن ها ار بیم مور و مار که ندرند لاشه ها را. و حالا همه جا غرق این بوست حتا در شکاف سینه ای که عشق من است....بوی نا، بوی سنگ پای نشسته، یوی شیر بریده، بوی لاشه گندیده ، بوی مدفوع تریاکی، و هر بوی ناهنجار دیگر یه جورائی قابل تحمل است، جز بوی کافور که بوی مرگ است. عین روغن به همه جا می ماسد، و آدم را از شوق و ذوق و بالاخره از زندگی می اندازد. واقعن چه بوی سمجی است.

- آقای زرافشان! اینجا در این مطب هم بوی کافور می آید؟

- نه زیاد دکتر.

- ولی کمی هست، اینجور نیست؟

- بله.

- چون من می گویم یا واقعن احساس می کنی؟

- واقعن احساس می کنم، ولی آزار دهنده نیست. خیلی کم است.

- فکر می کنی چرا؟

- شما دکترید.

- برای اینکه اینجا احساس آرامش داری

- جا های دیگر هم نا آرام نیستم.

- به ظاهر نه، ولی در واقع هستی.

- دکتر می توانم یکی دو سئوال بکنم؟

چهره مساعد او را که دیدم گفتم:

- دکتر فکر می کنید دروغ می گویم؟

قاطع و محکم جواب داد:

- ابدن، نه تنها دروغ نمی گوئید، بلکه حالا که احساس می کنم آرامش دارید، اضافه می

کنم: که هم عقیده هم هستیم.

نگرفتم، یعنی منتظر هم پائی او نبودم، تا داشتم خودم را می گشتم، سوسن پرسید:

- دکتر یعنی شما هم بوی کافور احساس می کنید؟

- بله، ولی نه آنگونه که محسن.

نگفت

" ولی نه آنگونه که همسر شما، یا آقای زرافشان "

داشتیم بهم نزدیک می شدیم. اعتماد داشت راه باز می کرد.

- پس چگونه، دکتر؟

من پرسیدم.

سوسن پرسید.

- مثل اینکه کلید مشکل ما دارد پیدا می شود.

- من قبول کرده ام که فعلن با این بوکنار بیایم.

- " فعلن " یعنی چی دکتر..؟ زمان این " فعلن " تا کی است؟

با چهره ای در هم گفت:

متاسفانه نمی دانم

همه ساکت شدیم.

و سکوت ادامه یافت...من و سوسن، چیزی نگفنیم، گذاشتیم او که که سرش را پائین گرفته بود، شروع کند.

- گفتی دو سئوال داری، دومین سئوالت چیست؟

خودش نمی خواست چیری بگوید، نوبت را به من داد.

- من که نمی خواهم با این بو کنار بیایم درمان دارم؟ اگر دارم چگونه؟

خندید و گفت:

- این که شد سه سئوال.

و این اولین خنده نه تنها در این ملافات که پس از مدتها بود. آرامشم بیشتر شد. من و سوسن هم، چهره باز کردیم.

از جا برخاست، بطرف ما آمد یک دستش را روی شانه من و دست دیگرش را روی شانه سوسن گذاشت و با کمی فشار ما را بهم نزدیک کرد. بله درمان داری. ولی نه در اینجا. شما را به دوستی که در خارج دارم معرفی می کنم. تلفنی مشکل تو را با او در میان می کذارم، وقتی آماده رفتن شدید نامه ای هم به شما می دهم. ولی باید به من قول بدهی که تا آن موقع با این بو کنار بیائی، و بی قراری نکنی.

ضمنن بد نیست بدانی که فقط بوی کافور نیست، تو هم اولین نفری نیستی که مراجعه کرده ای. سوسن خانم هم هیچ ارتباطی به این بو ندارد...بوی خوش زندگی تو از اوست خواهی دید.

چنین که شد ماندگار شدم

فقط یک جای خالی مانده بود. همه روی صندلی هایشان نشسته بودند. دلم می خواست کنار پنجره بنشینم، کنار راهرو جا بود. فقط یک جا خالی بود. نشستم و ساک دستی کوچکم را گذاشتم جلوی پاهایم.

سرش را به شیشه چسبانده بود. وانمود کرد نشستن من را متوجه نشده است. نگاه و تکانی نداشت. بوی سوخته تریاک می داد. صورتش را نمی توانستم ببینم، ولی آنچه را می دیدم از اعتیاد نشانی نداشت.

پوستش سفید بود، و زردی چرکینی که معمولن زیر پوست معتاد ها دویده است به چشم نمی خورد. موهای تنک جو گندمی داشت. چهل و پنج شش ساله بنظر می آمد. کمی چهار شانه بود.

دلم می خواست کتش را در آورد، گرمم بود. داشتم فکر می کردم چرا می روم. بلیط را قبلن تهیه کرده بودم. برای رفتن به ترمینال عجله ای نداشتم. همه کارهایم را در چند روز گذشته جمع و جور کرده بودم. کیف دستی نه خیلی بزرگم را هم بسته بودم.

همه را جا گذاشتم، فروختنی ها را هم نفروختم، حوصله این کار ها را ندارم. زندگی ام را در همین ساک خلاصه کردم.

من اصولن آدم جمع و جوری ام. سادگی و خلاصگی را دوست دارم. خوشم نمی آید دور و برم شلوغ باشد، یک جورائی وابستگی بی خودی می آورد. شب رو گرفته بودم.

من مسافرت در شب را با هر وسیله ای که باشد دوست دارم. می گیرم می خوابم. کمترینش این است که دیگر نمی خواهم با بغل دستی ام کل کل کنم.

وقتی بر گشتم قصد ماندن داشتم. هنوز برای مادرم همانی بودم که دلم می خواست. بوی خودم را می داد. شاید هم من بوی او را. کاش حالا که نیست بویش را با خودش نبرده باشد. خواهرم همیشه می گفت که من بوی مادر را می دهم. این بار که ببینمش دیگر مادری درمیان نیست، ببینم بازهم همان بو را برایش دارم.

کارکه پیدا کردم مادر خیلی خوشحال شد.

" شاید کار پای بندت کند "

" اگر اصرارنکنی حالا که کار دارم پس بهتره برایم آستین بالا بزنی، حتمن می مانم و در هر فرصتی هم در خدمتم. "

" شما جوان ها چرا اینطور شده اید؟ چرا از ازدواج فرار می کنید؟ "

" اما از زن فرار نمی کنیم. بدون آن ها نمی شود زندگی کرد. "

" ولی بهرام جان هر مادری یکی از آرزو هایش ازدواج فرزندانش است. این گناه نیست. من که نمی گویم دختر پیشنهادی من قبول کن. فقط دلم می خواهد با دختری ایرانی ازدواج کنی. "

" ماما نصرت نگران من نباش. بالاخره من هم ازدواج من کنم. "

با اینکه مدتی بود اورا داشتم. ولی نشد. خیلی برای ماندن و رفتن این پا آن پا کردم، طاس درست ننشست.

هر چند همانی بود که فکر می کردم. یا شاید فقط فکر می کردم. اما پا به پای هم جلو نرفتیم.

واقعن اگر همانی بود که می خواستم پس چرا حالا روی تک صندلی باقیمانده اتوبوس با اینکه کنار پنجره هم نیست نشسته ام؟

سراهم که سبز شد خوشحال شدم. مثل اینکه منتظرش بودم. گرم گفتار و کار بلد بود. تا به خودم آمدم صدای گامهایش را در راهرو های مغزم شنیدم.

هنوز مادر زنده بود. اشاره ای نکردم تا جا بیفتد. چند بار گفت به مادرت بگو ولی نگفتم.

سرش را از شیشه جدا کرد. راست روی صندلیش نشست. چانه اش چال داشت. ریش چند روزه ای صورتش را پوشانده بود.

" اتوبوس که تکمیل است، چرا حرکت نمی کنید "

فریاد گونه بود اما بی حوصلگی در صدایش احساس نمی شد.

کسی جوابش را نداد.

نمی دانم چرا من داشتم از گرما کلافه می شدم.

" هوا خیلی گرم است، اگر می شود کولر را روشن کنید، موتور اتوبوس هم که روشن است "

" راه بیفته خنک میشه. البته اگر راه بیفته."

با من بود ولی نگاهم نمی کرد

نشان نمی داد عجله داشته باشد اما بیقراری را چرا. شاید از گرما.

صدای خانمی از پشت سر آرام و شمرده گفت:

" راهم بیفته معلوم نیست روشنش کنند "

رویم نشد سرم را بر گردانم، بدون نگاه به او گفتم:

" اگر نقصی نداشته باشد روشنش می کنند. "

" بگذار راه بیفته من کولرشان می کنم "

داشت قلدری می کرد.

خانم با طنز گفت؟

" ببینیم و تعریف کنیم "

صدایش جوان و زلال بود. دلم می خواست ببینمش.

" خودت را پر چک شوفرجماعت نده "

آقائی که کنار خانم نشسته بود ترسید...

" صلوات بفرستید "

خانم با کمی تَحَکُم!

" چیزی نشده آقا که صلوات بفرستیم...داریم حرف می زنیم "

هوس دیدن او توی تنم وول می زد، دلم می خواست سرم را برای نیم نگاهی بچرخانم. کاش تنقلاتی داشتم تعارفش کنم.

موبایلم را درآوردم، شماره هائی را که در حافظه اش گذاشته بودم دانه دانه نگاه کردم. اما شماره ای را که می خواستم نداشتم.

زیبائی کلاسیکی داشت. ازش خوشم می آمد. هنوز هم همین احساس را داشتم. اما نمی دانستم چرا شماره تلفنش را نداشتم . حتمن خودم پاکش کرده بودم. نه، با او تماس نخواهم گرفت، اما دلم می خواست شماره اش را می داشتم. فشار به مغزم کارساز نیست. یادم نمی آید. من حافظه خوبی در یاد گیری شماره های تلفن ندارم.

چه اتوبوس شیکی. بوی نوی می دهد. راه درازی در پیش دارم. خوابم ببرد خوب است.

کمی خودش را تکان داد. دوباره صورتش را به شیشه پنجره چسباند. بنظر نمی رسید اهل حرف باشد. برای من این یک شانس بود.

" گمان می کنم موعد حرکتش نشده، هر چند تکمیل است. "

این را زمزمه کرد، داشت خودش را قانع می کرد.

" بهت نمیاد این همه دست و پا چلفتی باشی. کمی جون دار تر باش "

درست نمی گفت. خودم فکر می کردم به موقعش آتش از دست و پایم می بارد اما گویا نظراو همین بود که گفت.

تلفن را گذاشتم سر جایش.

گرفتاری شرایط،، مشکل ساده ای نیست. آنجا که زیستگاهت باشد ناچار همانی می شوی که شرایط قالب گیری می کند. و تو که از دنیای دیگری آمده ای می شوی ذرّه ی ناجوری ودر کاسه چشم می چرخی، هم درد داری هم مزاحمت، با مالش هم تسکین نمی گیری. لای دندان را می توان کاری‌ش کرد وحتا با گردش زبان بیرونش انداخته. اما در کاسه چشم، کریستال دید را مختل می کنی. همین فاصله ایجاد می کند. تفاوت خواست می آورد و نگاهها متنافر می شوند.

مادر هم در غروبی خاکستری با لبخندی بر لب رفته بود، رفتنی که من فکر می کردم تا چند روز دیگر بر می گردد. چیز دیگری را باور نمی کردم. ولی او بهمین سادگی رفته بود...این نوع رفتن ها همیشه بهمین سادگی است، اما طول می کشد تا باورت جا بیفتد.

داشتم می رفتم خواهری را که با فاصله ای بسیار زیاد در جائی دیگر بود ببینم، و از همانجا بروم جائی که ازش آمده بودم. جائی که در بیست سال گذشته و از نو جوانی چون قالب، حصارم کرده بود.

من تدریس را دوست دارم. درآمدش برایم کافی است. حال و حوصله و بخصوص عرضه ندارم که حریص باشم.

از پنجره فاصله گرفت دستش را گذاشت پشت صندلی من سرش را افراشته کرد و ابن بار بی حوصله و کمی هم نا آرام تر از دفعه پیش و با صدائی بلند:

" ...آقای راننده ! چرا حرکت نمی کنید؟ منتظر کسی هستید ؟ دیگر جای خالی ندارید، آخرینش راهم این دوست من، همین که کنارم نشسته پر کرده است " دوست من؟!

او که هنوز نگاهی هم به من نینداخته. پس گویا دستی را که در پشت صندلی من گذاشت برای اثبات این دوستی است؟

نمی دانم چرا سایر مسافر ها صدایشان در نمی آمد..؟

اتوبوس که تکمیل است، هوا هم گرم است. ساعت حرکتی را که گفته اند نیز گذشته است، پس چرا راه نمی افتد؟

مثل اینکه فکرم را خوانده باشد.

" راننده و شاگردش هم که حاضرند، دردشان چیست که تکان نمی خورند؟ "

" نمی دانم چرا هر جا که قرار است پیاده شویم تو مدتی بعد از من هنوز توی اتومبیل می مانی؟ چکار می کنی؟ چرا با من پیاده نمی شوی؟ این کارت حرصم را در می آورد...."

کم کم داشت هر حرکتمام آن یکی را دلخور و ناراضی می کرد. و این علامت است، علامت جاده ای که از تفاهم جدا می شود ....راه دیگری است...چرائی اش می تواند خیلی " اگر" ها داشته باشد.

اولین نشانه های عدم سازش چنین شروع می شود. وقتی علاقه می رود که رنگ ببازد " دلیلش را کار ندارم چون حتمن علت دارد " همه چیز موردی می شود، اول برای ایراد و کم کم برای پیله کردن.

مادر می گفت اگر توانستی با همسرت دوست و رفیق بشوی میخ ادامه را کوبیده ای چون سکس و علاقه های تکیه کرده بر آن کم کم کهنه می شود. این دوستی است که عین شراب هرچه کهنه تربشود گیرائیش بیشتر می شود.

چرا این همه نا آرام است؟ دائم دلش می خواهد اعتراضی داشته باشد. می دانم که این اعتراض ها خواست همه است، همه هم منتظرند که کس دیگری زحمتش را

بکشد.

نیم خیزمی شود.

" می خواهم با راننده صحبت کنم.   برادر! کجائی؟ می خواهم ازت به پرسم معطل چه هستیم. داریم می پزیم، چرا راه نمی افتید؟ "

کسی که بنظر نمی رسید راننده باشد جواب داد:

" منتظر اجازه حرکت هستیم. باید بیایند و اجازه بدهند. "

" اجازه حرکت؟ این دیگه چه اجازه ای است؟ ...نشنیده بودم. "

وکسی با طنز گفت:

" حالا می شنوی "

" تو مرغ اینجا نیستی. دلت در هوای جای دیگری پر می زند. "

" خب تو هم گویا نمی خواهی آنجائی باشی...نشان داده ای "

" اما هیچ پرسیده ای چرا؟

چون اینجا هر کاری بکنم و با هر شرایطی، کسی اینجائی بودنم را نمی تواند ازم بگیرد. هزار بلای دیگر سرم در می آورند، ولی بیرونم نمی کنند. من از اینجا هرگز دی پورت نمی شوم. اما آنجا این بختک همیشه وجود دارد حتا اگر شهروند شده باشی. "

" در عوض اینجا، راحت می توانند از زندگی دیپورتت بکنند "

به من نگاه نکرد اما یقین دارم که با من بود.

" شاید حالا حالا کسی نیامد؟ "

اما انگار کمی از یک صحبت خصوصی بلند تر بود.

" داری زیاد حرف می زنی. ساکت بنشین برای خودت درد سردرست نکن "

برای اولین بار نگاهم کرد. بهت زده.

" نکند سوار اتوبوس زندان شده ایم ؟ "

فقط نگاهش کردم. نمی دانستم چه بگویم. برای من هم دادن اجازه حرکت، تازگی داشت، اما حرفی برای گفتن نداشتم.

بصورتم خیره شد. سکوتم دلخورش کرده بود.

" شما حالتان خوب است؟ "

" بله چطور مگه؟ "

وسط سرش را خاراند و نگاه نامهربانش را ازم گرفت. شیشه پنجره را نزدیکتردید. با مهربانی خاصی صورتش را مجددن به آن چسباند.

عشق معمولن در نمی زند. رفته بود به این کشور همسایه تا کارش درست شود. عاشق شد. شاید هم شدند. ماندگار شد و حالا یک بچه هم دارد. دیگر هرگز بر نگشت حتا وقتی مادر تنهایمان گذاشت. می روم ببینمش. با دختر بچه اش بازی کنم. گفته بود می داند که من ندیده خیلی دوستش دارم. تکه بزرگی که در کیفم جا داده ام، عروسکی است برای او.

سه سال از من بزرگتر است. زیبائی جوانی های مادرم را ارث برده است. عکس هایش که این را می گویند. شوق دیدارش را دارم. ما همین دونفریم. کس دیگری را نداریم.

کاش پدرمان آن همه زود نمرده بود. شاید ما هم تا مادر بودش می توانستیم فامیل دورهمی باشیم. با هم باشیم، افسوس!

رادیوی روشن اتوبوس، مانع از سکوت کامل بود، اما نه اخبار داشت و نه ترانه . همه اش تلاوت بود. من یک کلمه اش را نمی فهمیدم.

می آیند به اتوبوس اجازه حرکت بدهند؟ معیارشان چیست؟ اگر اجازه ندهند چه؟ می آیند جستجو می کنند؟ چی را؟

شاید هم در چهره ها خیره بشوند. اما این کارها را معمولن دم مرز انجام می دهند یا در پاسگاهی بین راه. چرا اینجا؟

شاید بخاطر مسافرها که دم مرزاگر مشکلی پیش می آمد ویلان می شدند.

" تقاضایت برای تدریس قبول نشده است. صالح شناخته نشده ای

و گمان می کنم کمی هم جدی،

" من را بگو که می خواهم با یک آدم ناصالح ازدواج کنم. چه شانسی، شوهری که (موردا!) داردا! "

کمی اوهام داشت.

به معنی واقعی همان داستان مویز بود و غوره. هم خودش را ناراحت می کرد هم من را.

گاه به راحتی از سوراخ سوزن مثل عبور از در گاراژ رد می شو و گاه در برابر بزرگترین دروازه توقف می کرد. وقتی روبراه بود سنگ تمام می گذاشت، ولی آن رویه اش را با صد من عسل هم نمی شد قورت داد.

و حاصل آنکه دارم می روم.

رادیو را بستند. اتوبوس از نفس افتاد. دو نفر آمدند بالا. یکی مسلح و با لباس فرم که کنار راننده ایستاد. دومی یک قدم جلو تر آمد. بیشتر ِ مسافر ها مثل شاگردان مدرسه ای که درسشان را بلد نباشند نگاهشان را دزدیدند. سر ها را پائین گرفتند.

سکوت متوجه اش کرد. صورتش را از شیشه بر گرفت. راست و مرتب نشست. از من کمی کوتاهتر بنظر می رسید. مثل کسی که از بچگی باد سرخک در حنجره اش مانده باشد صدایش بم و گرفته و خش دار بود.

دستمال پارچه ای استفاده می کرد. در آورد و به دور دهانش کشید.

" او که چیزی نخورده بود! "

بنظر می رسید از خواب برخاسته باشد. آرام چشمانش را مالید. نگاهی را از روی هردو وارد گذراند و زمزمه کرد:

" مامورند؟ "

به من نگاه کرد، تائید می خواست. بی جواب نگذاشتمش:

" گمان می کنم "

" بالاخره آمدند. اما خیلی دیر. همین دو ساعت تاخیر، ما را به اولین شهر رسانده
بود "

" برای راه زیادی که در پیش داریم، یکی دوساعت کم و زیاد، فرقی ندارد "
نظرم این بود.

آن یکی که لباس فرم نداشت آهسته به سوی عقب جائی که ما نشسته بودیم راه
افتاد. فاتحی بود که یک اتوبوس را در اختیار داشت. به دیگرانی که صدای
نفسشان هم شنیده نمی شد کاری نداشت. بالای سر من ایستاد.

" شما بفرمائید پائین "

همان صدائی که به جای راننده صحبت کرده بود گفت:

" این نه، بغل دستی اش "

مامور اعتنائی نکرد.

گفتم :

" من؟ "

" بله تو، بیا بیرون "

" چرا من؟ "

" بعدن می فهمی،.... "

و با تَحکم

" گفتم پیاده شو ؟ "

داشتم راه می افتادم،

" این ساک تو است؟ برش دار! "

" نباید بدانم چرا؟ آن هم با ساک "؟

با تحکمی بیشتر:

" برو پائین وقت نداریم "

شاید در دفاع از من

" تقصیر ما نیست که وقت ندارید. شما دیر آمده اید. ما حدود دوساعت است که در این گرما، بی خود نشسته ایم."

همان صدا

" خودشه. "

" تو هم همراه دوستت بیا بیرون. "

معرفت نشان داد:

" دوست من نیست ما فقط دو ساعت است که کنار هم نشسته ایم "

" کسی از تو توضیح نخواست. اگر چمدان یا ساکی داری بردار و بیا پائین... "

" به چمدانم چکار دارید؟ شما کی هستید؟ "

" دست این را بگیر و بیاندازش پائین "

به همراه مسلحش دستور داد.

و خودش با من راه افتاد.

هنوز کامل پیاده نشده بودیم، و متعجب که چرا ما را پائین آوردند، و پرسان به همه چهره ها نگاه می کردیم که اتوبوس حرکت کرد. راه افتاد و بدون ما رفت. ما را جا گذاشت.

دیدم که خانم از پشت شیشه با لبخند برایم دست تکان داد...زیبا بود

نم نم باران

چند ماه بیشتر با هم نبودیم. وقتی جدا شدیم، یا در حقیقت ، وقتی گذاشت و رفت برایم خیلی ناگهانی بود. قبلن اشاره ای نکرده بود. این آخری ها گه گاه رَد اندوهی را در چهره اش می دیدم، ولی هیچ وقت نپرسیدم. اعتقاد دارم هر کس زمانی بی اراده می رود در پس توهای ذهنش و می خواهد در دنیای خودش باشد.

با همه این ها ، با هم بودیم تا آن روز صبح ِ تعطیل آخر هفته که در یکی از پاتق هایمان روبروی هم نشستیم.

بر خلاف همیشه ساکت و مغبون بود، و با فنجان قهوه اش بازی می کرد. سرش را پائین گرفته بود . به من نگاه نمی کرد . بنظر می رسید در دنیای خودش است. مزاحمش نشدم و خودم را با روز نامه صبح مشغول کردم. وقتی مانده قهوه اش را سر کشید، دیدم دو خط اشک گونه هایش را شیار داده است. قلبم فشرده شد، روز نامه را کنار گذاشتم، ولی قبل از آنکه چیزی بگویم، او شروع کرد. بسیار شمرده و آرام، و با صدائی کاملا اندوهگین :

"....می توانستم امروز نیایم و تو را بنحو دیگری در جریان بگذارم، ولی اعتراف می کنم که چون عمیقن به تو علاقه دارم، می خواستم این صبحانه را هم با تو باشم . اما نمی دانم چگونه شروع کنم، و سخت تر اینکه چطور تحمل کنم."

احساس بدی تنم را لرزاند، و دلشوره ناجوری در تمام رگهایم دوید. دلم نمی خواست ادامه بدهد. وقتی مجددن سکوت کرد و فنجان خالی قهوه اش را سر کشید گفتم:

" چه می خواهی بگوئی، چرا راحت حرف نمی زنی؟ "

نگاهش را بصورتم انداخت. گردش اشک چشمانش را قرمز کرده بود. ولی سکوت را ادامه داد. نمی توانست حرف بزند. مثل اینکه تحمل نگاه های پرسشگر مرا نداشت. سرش را پائین گرفت. داشت آشفته ام می کرد. دستهایش را گرفتم و با

همه ی توانم تلاش کردم آرامش کنم، و بی نتیجه، و ادامه سکوتی تلخ. و بالاخره، همانطورکه سرش پائین بود، با صدائی کاملن بی رمق و تقریبن نا مفهوم گفت:

" می خواهم خواهش کنم که، به دیدارهایمان پایان بدهیم. من تا یکی دو روز دیگر به مسافرت می روم. شاید وقتی بر گشتم،(اگر بر گشتم)، با تو تماس گرفتم. دلم می خواهد، بیشتر نپرسی، تحمل ندارم. "

داشت به قصد رفتن برمی خاست. دستهایش را بیشترفشردم، وهمانطور که در ذهنم می چرخید:

– شاید!...چرا شاید؟

گفتم:

" چرا! چی شده؟ "

بلند شد. دست هایش را به دور گردنم حلقه کرد. مرا بوسید. اشک هایش را در تمام وجودم چکاند. و با صدائی خشدارگفت:

" علتش را بعدن متوجه می شوی، فعلن، بخاطر علاقه ای که به من داری بیشتر نپرس. بگذار به همین شکل تمام شود. "

با بهت گفتم:

" تمام شود؟ "

پتک محکمی تمام وجودم را له کرد. مَنگ شده بودم. بی کلام با او حرف می زدم. دست هایش را به آرامی از روی شانه هایم جمع کرد و رفت.

از همان روزی که دیدمش، یک جوری شدم. حالتی که تا آن موقع برایم غریب بود. درست همانی بود که می خواستم. بعد ازبرخورد اول، دیدن هایمان که ادامه پیدا کرد، فهمیدم اشتباه نکرده ام. کم کم به هم نزدیک شدیم.

وقتی قرار اولین ملاقات را با او گذاشتم، فکر نمی کردم بیاید.

یک بعد از ظهر اواخر زمستان، هوا کمی سرد و ابری بود. میز کنار در ورودی، روبروی خیابان " کافی شاپی " را انتخاب کردم و با حل جدول مجله ای که همراه

داشتم ور می رفتم. و بی تاب، دَم به دَم ساعتم را نگاه می کردم. و دراین عذاب بودم که، گاه زمان چقدر لَنگ می زند، و به واقع انتظار چه سنگین و طاقت سوزاست. داشتم بی حوصله می شدم، که صدایش درگوشم پیچید، ورودش را متوجه نشده بودم.

" چقدرساعتت را نگاه می کنی؟ دیرکه نشده...."

خجالت کشیدم. شادی قشنگ صورتش، آرامم کرد. پشنهاد قهوه ام را رد کرد، و گفت:

" برویم بیرون، زیر سقف دلم می گیرد. اگر موافق باشی در همین پارک روبرو، قدم بزنیم، من هوای ابری را دوست دارم. "

آن پارک شد یکی از پاتق های ما. ساعتها با هم حرف می زدیم.

من تنها بودم. برای تحصیل آمده بودم. سالهای آخرش رامی گذراندم. او ازدواج ناموفقی را پشت سرداشت....و مثل من تنها بود. خوب حرف می زد " جوک " را می فهمید، و خنده هایش صدای مطلوبی داشت. هر دو قدم زدن در پارک و از هر دری صحبت کردن را دوست داشتیم.

یک روزکه بهم رسیدیم، نم نم باران شروع شد. چتر همراه نداشتیم، دستش را که در دست داشتم آونگی تکان دادم و گفتم:

" چه باران با حالیه! "

گفت:

" ما که می نخورده ایم "

و رفتیم می خوردیم. و باز توی باران راه افتادیم. توی نم نم باران بهاری. برایم خواند:

" نم نم باران به می خواران خوش است / رحمت حق برگنه کاران خوش است "

و با گفتن کلمه " گنه کاران " با انگشت به هر دویمان اشاره کرد.

عادت یا در حقیقت علاقه خاصی به آنچه که از نظر من عادی نبود داشت. مثلن

هراز گاهی دلش می خواست که سری به وادی رفتگان بزنیم، بی علاقکی مرا که می دید تعجب می کرد.

" مگرنه اگر خیلی خوش شانس باشیم، بالاخره یک چنین جائی خواهیم آمد، و برای ابد هم همین جا خواهیم بود. اینکه اکراه ندارد. بر فراز اینجا، هزاران آرزو و عشق های نا تمام موج می زند، فقط کافی ست که به یک سنگ با تمرکز نگاه کنی، خواهی دید که از خود رها می شوی. من هر وقت از این محل بر می گردم، احساس سبکی می کنم، کَنه های ولع از وجودم تکیده می شوند، و می شوم بومی کار نشده، که آماده ام تا هر نقشی که می خواهم برآن بزنم. "

یک روزبه او گفتم:

" ما در یک روال فکری هستیم. شاید بیشتر بدین خاطر است که توان فکری و دانسته هایمان در یک توازن قابل قبول است. "

در جواب گفت:

" منهم همین احساس را دارم. بودن و صحبت کردن با تو به من آرامش می دهد. ومتوجه هستم که بیشتر مواقع هوای مرا داری و همین خوشحالم می کند. "

هر دو تنها بودیم. همراه و هم زبان نداشتیم، بهم که رسیدیم جذب شدیم، و تصمیم گرفتیم که دوستیمان را ادامه بدهیم. دوستان دیگری هم بودند، ولی نه همیشه، گاه به اتفاق آنها جائی جمع می شدیم، از هردری گپ می زدیم، ازدل مشغولی ها یمان برای هم می گفتیم. و گاه، بعضی از نوشته هایمان را می خواندیم، و دوره خوبی را می گذراندیم. دریکی از همین نشست ها برایمان خواند:

" خوش بحال درخت ها، که بر خلاف آدمها، وقتی کرک و پرشان ریخت، با فصلی دیگر، دوباره شروع می کنند. تا هستند (که خیلی هم می مانند) سالی یکبار مجددن تازه و جوان می شوند و از افسردگی و دلمردگی خبر ندارند، و اگر هم دارند بریده کوتاهی ست. و تا به خودشان بیایند، دوباره سبز می شوند و به ریش زمانه می خندند. "

اتومبیل کوچولوی جمع و جوری داشت، و بر خلاف من که در آمد مستمر و مشخصی نداشتم و با کارهای که گاه، پولی را سرهم می کردم، وضع رو به راه تری

داشت، و نشان می داد که معلمی را دوست دارد. وقتی از بچه ها حرف می زد، پر از شوق می شد.

یک روز که رفتم مدرسه اش تا خواهر زاده ام را تحویل بگیرم، تصمیم گرفتم با او آشنا شوم، و تنها بودن او، که بعدن آنرا متوجه شدم، بیشتر مشتاقم کرد.

یک هفته قبل از صبحانه جدائی، وقتی که مثل همیشه به اتفاق قدم می زدیم ، و به صحبت از همه جا مشغول بودیم، به او گفتم:

" افسانه، می خواهم مطلبی را با تو در میان بگذارم. "

نگاه آرام و کنجکاوش را به رویم ریخت و بسیار شمرده گفت:

" نه بهرام، لطفن مطلبت را عنوان نکن. باشد برای بعد. کمی به من وقت بده. "

کاملن متوجه شده بود که چه می خواهم بگویم. تعجب کردم، چرا مانع شد؟ و آن روز صبح فهمیدم. و بیشتر، وقتی که حدود یک ماه پس از آن روز، یاد داشت کوتاهش را دریافت کردم.

"...آن روز صبح که تو را آزردم و بی بیان علت، تنها رهایت کردم و رفتم، یکی از درد آور ترین روز های عمرم بود. فکر نمی کنم بتوانم نگاه پرسان و معصوم تو را فراموش کنم. ایکاش، همان ملاقات اول را که تو مرتب ساعتت را نگاه می کردی و به گفته خودت کم کم داشتی راضی می شدی که نخواهم آمد، نیامده بودم، و مانع می شدم که چیزی شروع بشود. شروعی که مثل سالک جایش بر قلبهایمان مُهر زده است. برایت سوگند می خورم که با شروع آشنائیمان، من کمترین اطلاعی از آنچه که بعدن برایم پیش آمد نداشتم. نمی خواهم حتا یک لحظه تصور کنی که من دانسته با تو بازی کرده ام.

بیشتراز یک ماه از اولین دیدارمان نگذشته بود که سر درد هایم شروع شد. و من تا مدتها آن را جدی نمی گرفتم. اگر یادت باشد، یکی دو بار آن را عنوان کردم. ولی بعد که شدت گرفت و مراجعه به طبیب، زنگی را به صدا در آورد، آن را از تو پنهان کردم، تا وقتی که رسمن به من اعلام شد که بایستی شیمی درمانی را که باعث ریزش مو هایم می شد آغاز کنم. دیگر ادامه را صلاح ندیدم و بر خلاف همه ی احساسم تو را تنها گذاشتم.

امیدوارم، مرا بخاطر همه آزردگی هائی که برایت درست کرده ام ببخشی. بهرام، حالم هر روز دارد بد تر می شود، گمان نمی کنم بتوانم یکبار دیکر تو را ببینم. شاید اینطور بهتر باشد، چون من دیگر آن افسانه ای که می شناسی نیستم. گفته ام که در همین جا، در یکی از همان مکان هائی که گاه با هم می رفتیم، خانه تنهائیم را بنا کنند. اگر درست باشد، آمدن های هراز گاه تو را احساس خواهم کرد. به آن خوشبختی که پیشنهاد تو را قبول خواهد کر، بگو که ما مدت کوتاهی فقط دو دوست بودیم.

هر گاه فرصت داشتی، و خواستی سری به من بزنی، کوشش کن روز هائی باشد با نم نم باران، تا خاطراتمان آبیاری شود.

احضار

" فردا ساعت هشت صبح باید دادگاه مستقر در زندان " اوین " باشم. چند دقیقه پیش تلفنی اطلاع دادند. من تنها نمی روم. رئیس توئی، تصمیم گیری های نهائی با توست. فردا با هم می رویم. "

مثل برق گرفته ها تکان خورد. رنگش پرید، و بر عکس همیشه که چکشی حرف می زد تقریبن با ناله گفت:

" من چرا؟ تو را احضار کرده اند. آمدن من کمکی نمی کند. "

حرفش را بُریدم...

" من گفته باشم، اگر فردا نیائی، منهم نمی روم، آن وقت می آیند سراغ تو، می دانی که دیگر صحبت تلفن و احضار نخواهد بود. جلبت می کنند. می آیند و می برندت. "

سیگارش را خاموش کرد. از پشت میزش بیرون آمد. خودش را روی مبل چرمی اتاقش انداخت و نگاهش را ملتمسانه به من دوخت. نگرانش شدم، اما نتوانستم خودم را به تنها رفتن قانع کنم. می دانستم از آنجا خارج شدن به راحتی وارد شدن نیست. اگر به اشتباه من را هم بین آدمهائی که دسته دسته می گذاشتند سینه دیوار به گلوله ای میهمان! می کردند چی؟ تصورم بر این بود که اگر دو نفر باشیم امکان چنین اشتباهی کمتر است. یا اینطور تصور می کردم.

ضمنن به یک عصای ذهنی احتیاج داشتم، چرا که آن روز ها فراوان " یدالله " را بجای " فتح الله " اعدام می کردند. با این توضیح که اگر بی گناه باشد، می رود بهشت. و من هر جهنمی را به چنین بهشتی ترجیح می دادم.

" نگفت چکار دارد؟ "

" نه، خیلی پرخاشجو مسئولیتم را پرسید، وقتی گفتم، به ساعت حضورم در دادگاه اشاره کرد و گوشی را گذاشت "

" خودت چه فکر می کنی؟ اوین چرا؟ این همه کمیته این طرف و آن طرف پراکنده است، چرا اوین؟ "

" نمی دانم، فردا ازش می پرسیم! بهر حال فکرمی کنم گاومان زائیده باشد. "

" این چه موقع مزه انداختن است؟ من که گاوی ندارم، حتمن ریگی به کفش توست. "

فکرکردم حالاکه به این زودی طنابش را دارد می کشد، و بی توجه به من، قصدش بیرون کشیدن گلیم خودش است، بیشترلفت ولعابش بدهم، ولی دلم نیامد. سالها بود که دوست بودیم، دبیرستان و دانشگاه را با هم تمام کردیم، اما او بخاطر داشتن معافیت از خدمت نظام، در بازار کار دو سال از من جلو افتاد. حالا در اینجا، او رئیس من است. خارج از محیط کار کماکان دو دوست هستیم.

" چرا ساکتی؟ بالاخره چه کار می کنی؟ اگرحتا پنج درصد هم فکر کنی می توانی من را با خودت ببری دراشتباهی. تنها برو اگر برایت مشکلی پیش آمد، من تلاشم را شروع می کنم. "

دیدم، نه، به کلی حسابش را جدا کرده است، و می خواهد مرغ را روی یک پا نگهدارد و بگذارد من تنها بروم پَر چَک.

" ساکتم برای اینکه نمی دانم فردا تا چه حد می توانم تو را نیاندازم جلو، و نگویم که صاحب اختیار اصلی توئی. "

پهلوان پنبه هائی بودیم که در دفتر شیک و پُر اُبهت او مایوسانه با هم کلنجار می رفتیم. دیگر از آن سرفه های مدیر کُلانه خبری نبود.

ترجیح می داد که از فندک طلائیش استفاده نکند، و برای سیگارهای پشت سر همش، با آنکه می دانست من سیگاری نیستم، کبریت می خواست.

" ما که کارمان اشکالی ندارد. راه خلافی نرفته ایم. کار اشتباهی از ما سر نزده است. این احضار برای چیست؟ خوب بود می پرسیدی که چکارمان دارد. "

" خودت چند وقت پیش می گفتی:

این ها قبل از شمردن می بُرند "

بر افروخته شد و با قلدری بی رمقی گفت:

" داری پرونده سازی می کنی؟ "

دیدم بد جوری خودش را باخته است، و سَرَک ترس توی نی نی چشمانش دیده می شد. بنظرم رسید لباس هایش به تنش گریه می کند. دانه های ریز عرق بر پیشانی براقش که می رساند در حمام صبح حسابی صابون خورده است روئیده بود. مثل گر گرفته های یائسه، کلافه بود. البته من هم وضع بهتری نداشتم. ولی بهرحال " مدیرعامل " او بود.

فکر کردم، راستی چرا نپرسیدم دلیل احضارم چیست؟ و یادم آمد که فرصت نداد. عجول و عصبی، چند کلمه گفت و قطع و کرد.

چرا اسمش را نپرسیدم؟

چرا نخواستم احضارم را کتبی کند؟

راستش اسم " اوین " که آمد، بریدم. ضمن اینکه ممکن بود احضاریه را بدهد دست یک پسر بچه جغله پاسدارتا با ژ ۳ ای از خودش بزرگتر بیاید در محیط شرکت عقده گشائی کند، و بجای کلاه سر را هم بِبَرَد.

پس از مدتی سکوت، مثل اینکه " یافته " باشد، گفت:

" راهی به نظرم رسیده. بهتر است، منشی تو، با آن ها تماس بگیرد، و بگوید که به کمر درد یا دل درد و یا بیماری دیگری مبتلا شده ای و نمی توانی بروی، و از طرف تو قول بدهد که تا چند روز دیگر خواهی رفت. "

نگاهم را به او دوختم و سنگینی احساسم را رویش خالی کردم، و تا مدتی ادامه دادم. به واقع نمی دانستم چکار کنم. در مانده گفتم:

" این هنوز از نتایج سحر است. هنوز گرفتاری ها شروع نشده. بگذار جلو بروند، بگذار میخ شان را حسابی بکوبند، این خط و این نشان، چنان دماری از روزگار همه در آورند که این احضار چیزی شبیه شب نشینی رفتن باشد. "

" همین طور است که می گوئی، بگذار این را حل کنیم، شاید تا به آنجا برسد زنده نبودم....جوابم را ندادی "

با فشاربه خودم گفتم:

" به شرط آنکه بگوید که بجای من تو می روی، بدین ترتیب قال قضیه کنده می شود. "

و قبل از گرفتن پاسخ، منشی را خواستم. مثل مرغ سر کنده به پر پر افتاد. تا آمد بگوید،

چکار می کنی...

خانم منشی قلم به دست وارد شد و رو به من گفت:

" بفرمائید! "

و او دست پاچه گفت:

" چیزی نیست، هنور تصمیمی گرفته نشده، بیرون تشریف داشته باشید، مجددن صدایتان می کنیم "

و بدین ترتیب جلوی پیشروی مرا گرفت، و با لحنی که کوشش می کرد عاری از محبت نباشد، گفت:

" بگو چکار کنیم؟ کمی فکر کن، شاید راه حل درستی پیدا شود "

دو راه به ذهنم رسید، عنوان کردم:

" بنظر من یکی از این دو راه می تواند مسئله را حل کند "

خوشحال شد. دستور داد دو فنجان چای آوردند.

" یکی این که واقعن دل به دریا بزنیم و فردا صبح به اتفاق برویم، شاید به خیر گذشت "

فنجان چای را به لب برد و آهسته گفت:

" شاید هم به خیرنگذ شت "

" دوم اینکه تلفنی تماس بگیر و بگو که دوستم مریض است، هر مرضی به نظرت رسید بگو، و اضافه کن که مدیر عامل هستی، و به پرس احضار ایشان در چه موردی است، تا اگر بتوانم کمک کنم.

حُسن این کار در این است که اگر دلیل احضار را بگوید، بهتر می توانیم خودمان را آماده کنیم "

برخلاف تصور راه دوم را را پسندید، ولی گفت:

" من تلفن نمی کنم، همین مکالمه را بگو خانم منشی انحام بدهد "

قبول کردم.

پس از موفق شدن به برقراری ار تباط تلفنی، در سکوت کامل مکالمه را گوش کردیم:

" نمی دانم...

قدری کسالت داشت...

نه، بیمارستان نیست...

فکر نمی کنم خیلی سنگین باشد...

دکنر شریف زاده هم ... "

رنگ از صورت دوستم پرید.

" بسیار خوب، پنجشنبه ساعت هشت صبح...

چشم..."

دوشنبه بود. حدود سه روز فرصت داشتیم تا خودمان را آماده کنیم. و بدین ترتیب دکتر شریف زاده " احضار شد. هر چند معلوم نشد دلیل احضار چیست. بُردی حاصل نشده بود.

تا قبل از صحبت منشی فقط شب پیش رو را می بایستی در نگرانی بگذرانیم، ولی حالا سه شب را.

آمدیم زیرابرویش را برداریم کار دست خودمان دادیم. هم من بایسی دلیل بیماریم را بگویم، هم هر دو برویم. بنظر می رسید،

" هم چوب را خورده ایم هم پیاز را "

دیگر حال نداشتم. برخاستم. همانطور که بطرف در خروجی می رفتم گفتم:

" من چون مریضم! از فردا نمی آیم کار. اگر تا چهار شنبه حالم خوب شد اطلاع می دهم، در غیر اینصورت، پنجشنبه صبح خودت تنها برو و بگو که من هنوز روبراه نیستم. این طوری بهتر است، بارتو سبک تر می شود "

با کمی مکث، آرام گفت:

" یکبار هم که شده بایستی با واقعیت حاکم، روبرو بشوم. تو درست می گوئی مسئولیت نهائی تصمیم گیری های این شرکت با من است...تو نگران نباش. حتمن این چند روزه را استراحت کن.
من تنها می روم. "

در آستانه در خشکم زد. گوش هایم را باور نداشتم. چیزی مثل تاسف و به سنگینی اندوه در قلبم فرو ریخت.

شادی گذشت و جوانمردی، موهای تنم را سیخ کرد. به طرفش رفتم، در آغوش گرفتمش. تصمیمش را که بوی رفاقت ناب می داد ارج گذاشتم، و قاطع گفتم:

" من می روم، لازم نیست تو بیائی. می دانم چه بگویم و چگونه رفتار کنم که تو مطرح نشوی "

دستش را فشردم و بدون تامل خارج شدم.

دفعه بعد که او را دیدم، حدود سه سال از آن روز گذشته بود.

آن روز ...

من هم مثل همه بچه های دیگر، پدرم برایم قهرمانی شکست ناپذیر بود، و فکر می کردم که همه در همان حد که من از او واهمه دارم ازش حساب می برند.

برادرم که حدود دوازده سیزده سال از من بزرگ تربود هم، همان حالت را برایم داشت. با این تفاوت که در بیشتر مصاف های خارج از خانه، من را همچون ملیجک به دنبال خودش می کشاند. با او که بودم و سایه او را که کنار خودم داشتم می پنداشتم که شکست ناپذیرم.

با پُز مخصوصی راه می رفتم. درست یادم نیست ولی گویا بادی هم در گلو داشتم، و بفهمی نفهمی کمی هم گشاد گشاد و کِلِخ کِلِخ راه می رفتم ولی چون همیشه کفش های لاستیکی سفید رنگی را به پا داشتم، نمی توانستم پشتشان را بخوابانم و ادا را کامل کنم. کلاه لبه دار سیاه جاهلی هم نداشتم، البته نه به قد و قواره ام می خورد و نه شهامت بر سر گذاشتن آن را داشتم. می دانستم که هر نوعش به سرم گشاد است. خودِ مرشدم که برادر بزرگ ترم بود هیچ یک از این بازی ها را نداشت. حتا یادم هست که یک روز به من گفت:

" مثل اینکه خیلی از این فیلم های آبگوشتی نگاه می کنی. تقلید نکن، سن و سالت هم مناسب این کار ها نیست. خودت که باشی راحت تری..."

ولی من در پناه او خودم را هم بلند قد ترمی دیدم هم زورمند تر.

در محله ای که زندگی می کردیم میدانگاهی بزرگی بود. غروب ها همه مدعیان نسق گیری می ریختند آنجا و هر کدام هم، بنحوی کری کری می خواندند، و می خواستند محله بشکلی در قرقشان درآید. و اتفاقن ساکت ترینشان برادرمن بود. با همه قد و بالا و یال و کوپالی که داشت. البته همین ظاهر مردانه و بی ادعائی که داشت، بیشتر او را برای دخترانی که میدانگاهی، محل رژه آنها هم بود، دوستداشتنی کرده بود و بهر دلیلی هر وقت می گفتند:

" جمال آقا "

با دنیائی از ناز همراه بود.

روزهای تعطیل میدانگاهی زود تر رونق می گرفت و تا آفتاب بود دوستان و رقبای برادرم بازی ای را شروع می کردند که اسمش " گل بگیر شّده " بود چیزی مثل " بیسبال " امروزی، و فضا بوی رقابت و بخصوص خود نمائی می گرفت. هر کدام از پسر های هم سن و سال برادرم که کم هم نبودند دختری داشتند که بایست با خود نمائی، بیشتر دلش را به دست می آوردند.

محله ما به محله ارمنی ها معروف بود و بهمین دلیل کمتر در چنگال تعصب خشک مذهبی بود. وهمین، برجستگی های دختر ها را بهتر نمایان می کرد. و فراوانی عشوه هایشان را.

و من چون برادرم یک سر و گردن از هم سن و سال هایش بالا تر بود و چندین بارهم صابونش به تن مدعیان خورده بود، خودی نشان می دادم و دختران هوا دار او، هوای مرا هم خیلی داشتند.

و می شنیدم که برای تعریف از او کلماتی را هم شعر گونه ردیف می کنند و برایش می خوانند.

برای من دنیای خوشِ لذت بخشی بود.

در هر دور بازی " گل بگیر شّده " تیمی می برد که سر پرستش برادرم بود و همین ناراحتی خاصی را در سایر جوان هائی که بی ادعا هم نبودند و دخترانشان انتظاراتی داشتند ایجاد کرده بود....و در حدی بود که من با همه " جوانک! " بودنم دلم می خواست جلویشان را بگیرم.

جسته گریخته می شنیدم برایش برنامه ای دارند. گمان می کنم بوئی هم برده بود اما بخودش نمی گذاشت که ویر بدهد.

" نِمرود " پسر آسوری " آشوری " حسودی بود که دوست دخترش " یلدا " از خوشگل ترین ها بود و هر بار که به دلیلی کار موفقی از " جمال " سر می زد و بخصوص " صوفی " دوست دخترش وَرجه وُرجه های اضافی نشان می داد و خوشحالی اش را به رخ همه می کشید شدیدن ناراحت می

شد. ازبد حادثه من با خواهر یلدا به یک مدرسه " مختلط " می رفتیم و یک جورائی با هم دوست بودیم. هنوز موقع دوست داشتن های جور دیگری! نشده بود هر چند یواش یواش جوانه هائی داشت بر شاخه احساسمان توک می زد، و بدمان نمی آمد بیشتر با هم حرف بزنیم و احساس می کردم که رشد این جوانه ها در او آهنگ نمایان تری دارد. و هم او بود که به من خبر از توطئه ای داد که برای برادرم در شرف اجرا بود :

" کمال می خواهند جمال را از سر راه بر دارند....شنیدم نِمرود به خواهرم می گفت نگران نباش هر طور شده جمال را از میدان داری می اندازم. کمال، نمرود آدم آرامی نیست. "

دلم می خواست تا دیر نشده گوشی را بدهم دست برادرم ولی نمی دانستم بگویم خبر را از کجا آورده ام....آگاهی از آشنائی من و" آیدا " عاقبت داشت و من از همین عاقبت واهمه داشتم

...شنیده بودم که مادرم به دفعات از جمال خواسته بود که فکر مشق و درس من باشد و این همه مرا به دنبال خودش نکشاند. و همین خواست مادر، نمایاندن " آیدا " را مشکل تر کرده بود.

از آیدا خواستم ته و توی قضیه را در آورد که چه برنامه ای برای برادرم در کار است، ولی نتوانست خبر بیشتری برایم بیاورد الا اینکه نمرود با دونفر دیگر که آن ها هم از جمال دل خوشی نداشتد زیاد حرف می زند، اما اینکه چه می گویند دستگیرش نشده بود....تنها خبر این بود که در محله ای که بیشترشان مسیحی هستند یک مسلمان نباید قلدری کند.

ترس برم داشته بود، در حالیکه جمال عین خیالش نبود، شاید هم چون نمی دانست که برنامه ای برایش ردیف کرده اند.

در گوشه ای از میدانگاهی، از قهوه خانه مدرن تری بود که بساط، چای ، قهوه و قلیان و ساندویچ های کوچولوی لقمه ای و تنقلات مختلفش بر قرار بود و" سعدون " و " حسن " با پسر بچه پادوئی ، بخوبی اداره اش می کردند،.....و برای

چنان محیط سنگینِ بیشتر نا آرامی، آمادگی و قدرت اداره داشتند. طرف هیچکس را نمی گرفتند و خود را نخود هر آشی نمی کردند...و بیشتر سرشان به کار شان مشغول بود. کاری که پر درآمد هم بود. من با پسر پادو که لهجه شیرین کرمانشاهی داشت، دوست بودم...خیلی دلش می خواست پول جمع کند و برود کویت که بد جوری شده بود آواز دهل.

برادرم را خوب پذیرائی می کردند و برای نگرفتن پول هم خیلی اصرارداشتند، و البته ندیدم که برادرم حتا یکبارهم قبول کند.

از مدرسه که آمدم، جمال نبودش. او معمولن دراین ساعت تازه از کاری خسته کننده می آمد.

و مدتی ولو می شد روی یکی از مبل ها و بعد هم دوش می گرفت.

روزهائی که کمی سر حال بود می آمد سراغم و کلی هم سر به سرم می گذاشت. جمال فرزند اول بود و من ته تغاری، همین، نه برادر دیگری داشتیم و نه خواهری. اختلاف سنی ما نشان می داد که قرار بوده یکی یکدانه بماند. ولی تفاوت سن سبب شده بود که به من عین پسر خودش نگاه می کرد و هوایم را خیلی داشت و کوشش می کرد خوشحالم کند. از روزی که متوجه شد دوست دارم زمان هائی که حال و حوصله اش را دارد و می رود بیرون همراهش باشم، دریغ نکرد.

امروز پنجشنبه بود، می بایست زود ترهم آمده باشد چون پنجشنبه ها فرصت می کرد بیشتر خودش را بسازد و برود بیرون. و با دوستانش باشد. پاتوق معمولن قهوه خانه " سعدون عرب " بود.

پنجشنبه ها بوی جگر کبابشان محوطه را پر می کرد و هر مقاومتی را درهم می شکست.

شش سیخ جگر، چهار دانه رطب تازه از نخل جدا شده، یک استکان کمر باریک چای، و یک کف دست نان، یک سفارش حساب می شد که سن من برای آن قد نمی داد و تلاش " فرهاد " پادوی زبر و زرنگ قهوه خانه هم به جائی نرسیده بود، به این بهانه که از جمال اجازه ندارند از من پول بگیرند، در حالیکه می دانستم چنین سفارشی مختص گروه خاصی بود و اجرایش برای من که هنوز از نظر آنها

کوچک بودم، یلان محله را می آزرد و برایشان افت داشت، بخصوص که قلیان هم می توانست پشت بندش باشد.

در این کافه احترام جمال را داشتند، و برایش سنگ تمام می گذاشتند. جمال هم هوایشان را داشت و تا پیش می آمد بازی " حُکم " را راه می انداخت که با جمع تماشاگران، کار و کاسبی " سعدون " و " حسن " سکه می شد.

با همه ی فرنگی! بودن محله، باز خانم ها در آن رستورانک جائی نداشتند اما روزی که بوی جگر راه می افتاد این قید درهم می شکست و جفت ها را با هم می دیدی که گاه حتا کارشان به شوخی و مزاح هم می کشید و قهقهه هایشان فضا را می شکافت. پنجشنبه ها بخاطر این بساط و اینکه فردایش روز تعطیل است محله جوان می شد و رنگ و روی شادی به خود می گرفت، و از چشم ها نگاه هائی مهربان بیرون می ریخت....

ولی نمی دانم امروز که پنجشنبه بود چرا دل من در فضای محله نبود.

چرا تا حالا جمال پیدایش نشده؟ ازمادر سراغش را گرفتم. جواب درستی نداد، کمی هم نگران بنظر می رسید. مادر نگران که می شود بد اخلاقی اش سرباز می کند و خیلی باید خوش شانس باشی که از دهان کلید شده اش کلامی بشنوی، و در آن حال وهوا من مثل نخودی در ماهیتابه ای داغ بی قرار بالا و پائین می شدم. تصور رستوران

" سعدون "، بوی جگر، و شلوغی خاصی که در آن اطراف برپا بود و حضوردرآنجا، آن هم با جمالی که مایه پز و ادا های من بود، آشفته ام کرده بود.

شرجی هم خورده بود دست گرمای زود رس هوا و زود بودن استفاده از کولر، و نیامدن جمال چون دستی در دستکش سیاه حلقومم را می فشرد...اضطراب مادر بیشتر به جانم چنگ می زد.

مادر شروع کرد در اتاق قدم زدن، و این، خبر از عمق دلشوره او می داد... تلفن که زنگ زد، آرام آن را برداشت:

" نه صوفی جان، نمی دانم چرا هنوز نیامده....تو خبری از او نداری ؟ "

پدر که وانمود می کرد در فکر جمال نیست و با باغچه کوچک پشت خانه مان مشغول است، با عجله خودش را به ما رساند:

" زری جان کی بود؟ "

" صوفی بود. سراغ جمال را می گرفت "

به وضوح دیدم که سبیلش آویزان شد. چشمانش گردشی نگران یافت. ولی با تسلط بر خود گفت:

" حتمن اضافه کاری مانده است "

و مادر بلا فاصله جواب داد:

" هر وقت اضافه کاری می ماند خبر می دهد "

پدر بی هیچ واکنشی از اتاق بیرون رفت، و مجددن خودش را به باغچه رساند.

من جرات کردم از مادر به پرسم:

" چکار کنیم مادر؟ "

سکوتش به سنگینی پتک بر سرم کوفته شد. توانم داشت تحلیل می رفت.

این بار تلفن که زنگ زد به مادر فرصت ندادم. تا بجنبد من گوشی را برداشتم. هنوز حرف نزده بودم که مادر کنارم ایستاده بود. و صدای در، آمدن پدر را هم خبر داد.

" ...الو بفرمائید!...

نه من پسرشان هستم ...

...از کجا زنگ می زنید؟.

...بیمارستان؟

.گوشی خدمتتان. "

همراه با ضربان تند قلبم دیدم که هر دو رنگشان پریده است. گوشی را به پدرم دادم.

" بفرمائید، من (صارمی) هستم. "

محسوس گوشی دردست پدرم لرزان بود.... و دیدیم که مادر دندان بر هم می ساید.

"...حالا حالش چطور است؟....کما؟.... فورن خودم را می رسانم...."

نتوانست سرپا بماند. خودش را انداخت روی مبل. دو باریکه اشک راه گونه های مادرم را گرفت و سرازیر شد. نگاهش را به دهان پدرم دوخت، و بی صدا منتظر ماند.

" از پشت با کارد به او حمله کرده اند. یکی از ضربه ها به نخاعش خورده است....و برای اولین بار دیدم که پدر قهرمان ام گریست و من درد عالم را در چهره او دیدم ....وای!... من اصلن نمی دانستم که گریه مرد می تواند اینهمه تلخ باشد.

جرات حرف زدن نداشتم. صدای بی پناهی در گوشم پیچید. در یک آن هردو پهلوان های زندگیم را داشتم از دست می دادم. چه با پلک بهم زدنی می شود همه داشته هایت را از کف بدهی!

من هم دلم می خواست گریه کنم و بیشتر برای بی کسی خودم.

" کمال! ما می رویم بیمارستان. تو از پای تلفن تکان نخور. زنگ می زنم، اگر خبری بود ما را در جریان بگذار"

با بغض خفه کننده ای گفتم:

" پدر شما دارید بطرف خبر می روید، من من چه دارم که بگویم."

قاطع گفت:

" گفتم از پای تلفن تکان نخور، شنیدی ؟"

" بله پدر "

خانه پر از اشباح شده بود. دلهره غریبی همه هیکلم را در مشت گرفته بود. بدون آنکه درست بدانم جمال در چه حال و روزی است دلم گواهی بد می داد. نمی دانستم که حتا در حد تحمل سر پا ایستادنم به جمال وابسته ام. از هر گوشه خانه بوی تن جمال چون دود در روحم می پیچید. سنگینی فضا داشت خفه ام می کرد.

در حالیکه دانه های عرق روی پیشانی ام جوانه زده بود داشتم می لرزیدم. تب کرده بودم.

پدرم راست می گفت، تلفن زنگ زد.

صوفی بود.

" از بیمارستان تلفن کردند. جمال را با کارد از پشت زده اند. درکماست. پدر و مادر هردو رفته اند بیمارستان.. صوفی! صوفی! چرا قطع کردی. می خواستم آدرس بیمارستان را بدهم. صوفی...چه شد؟ کجا رفتی؟ "

تلفن خانه اش را نداشتم تا جویا شوم که چه شده، چرا دیگر با من حرف نزد. " آیدا " گفته بود برای جمال برنامه دارند. چرا همین خبرکوتاه نا مشخص را با جمال در میان نگذاشتم؟

" حدود سه ساعت پیش با آمبولانس آوردنش. خون زیادی ازش رفته بود. با تلاش زیاد نگهش داشته ایم. متاسفانه یکی ازسه ضربه کارد به نخاعش آسیب رسانده... بله، از پشت مورد حمله قرار گرفته است. حالا نمی توانیم نظری قاطع بدهیم. پلیس دارد تحقیق می کند...."

"...دکتر! می توانیم ببینیمش؟ "

" فعلن خیر، بگذارید از کما و بی هوشی در آید..."

" دکتر امیدی هست؟...."

" امیدوار باشیم بهتر است "

در گزارش پلیس آمده است:

"....وقتی از کار عازم خانه بوده، توقف می کند تا به دو نفری که بنظر می رسیده منتظر تاکسی هستند کمک کند. یکی جلو می نشیند ولی آنکه عقب می نشیند می زند. بنظر می رسد با نقشه قبلی بوده، چون پیداست که قصد دزدی نداشته اند....بیش از این نمی توانیم با او که بخاطر خونریزی و ضربه ای که به نخاع اش خورده و در وضعیت مناسبی نیست صحبت کنیم.

داریم به تحقیقات خود برای یافتن آن دو نفر ادامه می دهیم. "

ضرباتی که بر پشت جمال فرود آمد، ریشه سلامتی مادر را هم زد. تعادلش را گرفت و تفکرش را از تمرکز انداخت. بیشتر وقتش را در بیمارستان بود و مات و بی کلام جمال را می نگریست.... تا جائی که جمال خواهش کرد دیگر به دیدارش نیاید.

پدر بلند بالای توانایم، چون فانوس تا شد. دائم ساکت بود ودر خودش. و گاه فقط یک کلمه نامفهوم در هوا پرواز می داد که نمی دانم چرا به دنبالش لبخند نا محسوسی روی لبانش می نشست.

و برای من دوران سیاهی رقم خورد که برای تحملم زیاد و سنگین بود.

" آیدا " در مدرسه از نگاهم فرار می کرد. در پایان یک روز که با اتوبوس مخصوص عازم خانه بودیم خودم را به او رساندم.

" آیدا! چه شده چرا با من روبرو نمی شوی؟"

" کمال، ازآنچه که برای برادرت پیش آمده متاسفم، خجالت می کشم و دلم می سوزد، و می دانم که چقدر برای تو سنگین است...."

" تو گناهی نداری، چرا باید خجالت بکشی؟ چیزی می دانی؟ کار" نِمرود " و دوستاش بوده ؟

آیدا، هرچه می دانی به من بگو. می دانی که من چقدر جمال را دوست دارم؟"

" کمال بخدا چیزی نمی دانم جز همان که آن روز به تو گفتم، صحبت از سر راه بر داشتن جمال بود. "

" پس ازچاقو خوردن جمال از درگوشی حرف زدن ها چیزی دستگیرت نشده است؟
"

" نه، ولی هم " نِمرود " و هم " یلدا " خیلی توی خودشان هستند....اما کمال فکر نکنی که آنها دست داشته اند. این توی خودشان بودن گمان می کنم از تاسف چاقو خوردن جمال است. "

" صوفی " که با " جمال " کبکش خروس می خواند، کرک و پرش ریخته بود. ساعت ها وقتش را در بیمارستان می گذراند و به جمال روحیه می داد، ولی اندوهی

مشخص چهره اش را پوشانده بود و اشک های نم نم او، می دانستم که از این اندوه سرچشمه می گرفت.

از روزی که جمال دریافته بود دیگر جمال سابق نخواهد شد و کمترین رخداد برایش فلج دائم است، به مادر و من و صوفی گفت که دیگر به دیدارش نرویم. یکبار که من تحملم تاب نیاورد و به دیدارش رفتم چنان با ناراحتی اخطار داد که لرزیدم و دریافتم که برای همیشه جمال را از دست داده ام.

زندگی چه بازی هائی دارد....چهار نفره ما چه آرامشی داشتیم، من احساس می کردم که هر چیز چنان در جای خودش قرار دارد که از آن بهتر غیر ممکن است....تصور نمی کردم حسادت و نا دانی تا این حد بتواند خانه خراب کن باشد.

پدر، دیر آمد خانه. گرفته و بی قرار بود، و در پاسخ مادرم که گفت:

" رضا چرا آشفته ای ؟ "

به درآوردن لباس هایش مشغول شد. وقتی دست و روی شسته روی مبل افتاد، مادر کماکان منتظر بود. فهمیدم که پدر نیز این انتظار را متوجه شده است. " ...بیمارستان بودم. جمال از من خواسته با صوفی صحبت کنم، و به او بگویم، دیگر جمالی که تو می شناختی وجود ندارد و هرگز هم نخواهد شد. به او بگویم که دوران جمال به سر رسیده است و تاکید کرد که حتمن از او بخاطر همه خوبی هایش تشکر کنم و بگویم جمال گفته تا زنده ام " هر چند طولانی نخواهد بود " فراموشت نمی کنم. و از من خواسته که او را دختر خودم بدانم و در هر زمینه ای یاورش باشم....و من زری جان این مرد انجام این ماموریت نیستم...."

مادر در تمام مدتی که پدر صحبت می کرد آرام اشک می ریخت و من مثل مار دور خودم می پیچیدم. و بغضی پر از یاس داشت خفه ام می کرد.

پدر محکم دست هایش را بهم کوبید و بلند گفت

" نمی دانم "

و من متوجه نشدم که چه چیز را نمی داند.

مثل مرغی کرچ گوشه ای از خانه روی افکار درهم و مغشوشم خوابیده بودم و داشتم به بی ثباتی همه چیز فکر می کردم، و خاطرم بار هیچ انتظاری را که بوئی از

وصال همراه داشته باشد درخود نمی چرخاند. جمال برای من وقار بودنم بود، و حالا چون تکه ای گوشت افتاده بود روی تخت بیمارستان و این ذهن نو جوان مرا به درماندگی کشانده بود.

" کمال!... "

صدای محکم پدر بود.

" به صوفی بگو دیگر بیمارستان نرود، و در اولین فرصت بیاید کارش دارم. "

بنظر می رسید پدر می خواهد بر خیزد. داشت از کرختی و بهت بیرون می آمد. داشت زانوی غم را از آغوشش جدا می کرد.

" به او بگو فردا صبح خانه ما باشد. "

این عجله برای چه بود؟ برای نا امید کردن دختری که تا دیروز سر شاراز غرور و موفقیت بود؟

پدر داشت تصمیم هایش را بیرون می ریخت، ولی نه کامل. فقط اشاره می کرد، بی توضیح اضافی.

نمیدانستم چه در سرش می چرخد....

بر اندازش کردم، سنی ازش گذشته بود اما گویا غرورش هنوز توان عرض اندام داشت، هنوز وقتی می ایستاد راستایش پر جوهر می نمود.

آنچه که بر سر جمال آورده بودند کلافه اش کرده بود احساس می کرد پیلی است که از پشه ای لگد خورده است. حمله ی از پشت برایش نماد نامردی بود. می دانست اگر رو در رو بود جمال خوب می توانست مقابله کند. داشت مثل مار به خودش می پیچید.

" کمال، فردا از چه ساعتی قهوه خانه بساطش را راه می اندازد؟ "

صدای جان دار پدر فکرم را متوقف کرد.

" کدام بساط پدر؟ قهوه خانه هر روز باز است و بساطش روبراه است "

" فردا پنجشنبه است همان بساط جگر کباب پنجشنبه ها را می گویم. می دانی که هنوز بر قرار است؟ "

" حتمن هست، نشنیده ام که تعطیل شده باشد "

" معمولن از چه ساعتی همه هستند؟ "

" از ساعت شش "

" فردا با صوفی ساعت پنج آنجا باشید...فردا صبح خودم به صوفی می گویم. و تا خبرتان نکرده ام آنجا باشید. جگر هم سفارش بدهید. بگذار همه کار ها را صوفی انجام بدهد و طرف صحبت و معامله او باشد. خوب فهمیدی چه می گویم؟ "

" بله پدر "

چرا مادر حرفی نمی گوید، اظهار نظری نمی کند؟ یعنی از برنامه پدر آگاه است؟ حضور کامل دارد؟ یکی دوبار هم چای آورد ولی دریغ از یک کلمه.

وقتی پدر برخاست که به اتاقش برود...مادر آرام گفت:

" رضا شام نمی خوری؟ "

" نه، در بیمارستان چیزکی خورده ام اشتهای بیشتر ندارم "

و قبل از اینکه در اتاق را ببندد مادر آخرین سؤالش را که گمان می کنم تمام این مدت زجرش داده بود بیرون ریخت.

" رضا، چرا جمال گفت به صوفی بگو تا زنده ام فراموشت نمی کنم هر چند زیاد طول نمی کشد. چی زیاد طول نمی کشد؟ "

پدر آشکارا منقلب شد، رویش را بر گرداند ، به اتاق وارد شد و در را پشت سرش بست.

هوا آنقدر سرد نبود که صوفی نشان می داد، ولی به توصیه پدر محکم گام بر می داشت.

" کمال از جمال چه خبر؟ "

" من مدتی است بیمارستان نرفته ام از صوفی به پرس. حسن، سعدون کجاست؟ "

" پسرش را برده دکتر تا نیم ساعت دیگر پیدایش می شود "

" حسن، کاسبی چطور است؟ "

" صوفی خانم مدتی است رونق خوبی ندارد، ولی امروز باید شلوغ بشود، روز حقوق است. "

" ولی می بینم که دارو دسته " نِمرود " با دختر هایشان آمده اند "

" این ها هم پس از مدت ها امروز پیدایشان شده است. "

" کمال می خواهی دودست سفارش بدهم؟ "

" موافقم. ببین چطوری دارند نگاهمان می کنند. تا من سر بر می گردانم، چشم می دزدند. "

" حواسم بهشان هست. کلی حرف پشت صورتشان جمع شده است. من و تو اینجا چکار می کنیم؟ چرا من و تو؟ "

" معلومه. کلافه فهمیدن هستند "

" صوفی سعدون آمده و دارد بطرف ما می آید. "

" نگاهش نکن، کمال بگذار نزدیک تر بیاید که آهسته تر حرف بزند "

" خوش آمدید، صوفی خانم. چه عجب اینطرف ها. از جمال چه خبر "

" سعدون خان بلا دور باشد پسرت سرما خورده؟ "

" خوشحالم می بینمتان. چه بیاورم خدمتتان؟ "

" ممنون سعدون....دو دست برایمان بیاور ...جگرها خیلی آبدار نباشد "

صوفی با بغضی خفته:

" کمال، وقتی می بینم جمال نیست بغض سنگینی راه گلویم را می گیرد. درد بدی در سینه ام احساس می کنم. دلم می خواهد یکبار دیگر جمال سابق در محله و در این جا حضور داشته باشد، حتا اگر بعدش بمیرم. ببین همه هستند و چه حالت کرکری هم دارند و جمال من روی تخت بیمارستان به حال نیمه فلج افتاده است. اگر پدر دستور نداده بود هرگز دیگر پایم را اینجا نمی گذاشتم. کمال دارم خفه می شوم، پس پدر کجاست؟ "

" صوفی جان، اگر می بینی همه خانمها هم حضور دارند خواست پدر است...من زود تر، قبل از آمدن با تو، وقتی که هنوز قهوه خانه باز نشده بود و بوی جگر راه

نیفتاده بود آمدم و حالیشان کردم که پدرم می خواهد بیاید اینجا، و گفتم گمان می کنم تصمیم دارد در مورد جمال صحبت کند. خواهش کرده که امروز دربه روی همه دختر ها هم باز گذارد شود. و اگر می شود ترتیبی بدهد که همه ی رقبای جمال بیایند. "

قهوه خانه پرِ پر بود و دود و بوی جگر کباب، همه را به اشتها انداخته بود که پدر وارد شد.

بر خورد محترمانه و پر سرو صدای حسن و سعدون توجه همه را جلب کرد، بخصوص وقتی که حسن با صدای بلند گفت:

" آقای صارمی خوش آمدید "

و سعدون ادامه داد:

" برای آنها که نمی شناسند، بگویم که ایشان پدر جمال هستند. "

رستوران از نفس افتاد و سکوت یکپارچه ای حاکمیت یافت.

پدرآمد و بین من و صوفی ایستاد. خونسرد ولی با چهره ای کاملن بر افروخته. برخاستم تا پدر بنشیند. دستش را روی شانه ام گذاشت و کمی فشار داد که بنشینم. و شروع کرد:

" من می دانم همه ی شما با همه ی قلدری و ادعا از جمال من واهمه داشتید. می دانم که او را خار راه بلند پروازی های خود می دانستید."

صدایش رسا و مقتدرانه بود. نفس از کسی در نمی آمد. حالت بهتی واضح در بیشتر چهره نشسته بود. و پدر شمرده و گرم صحبت می کرد:

" ولی چیز هائی را نمی دانستید. نمی دانستید که او، همه شما را دوست می داشت. از صاحبان این محل تا تک تک شما را. او قلبی به غایت رئوف دارد ، و با هیچکس دشمنی ندارد حتا با آنهائی که او را دشمن می دانند. "

صدای جا بجا شدن صندلی سکوت را شکست، و همه سرها را بسوی خود چرخاند. دیدم که " نِمرود " دست " یلدا " را گرفته و قصد خروج دارد، که نا گهان فرمان پر از نهیب و قلدرانه پدرمثل توپ ترکید:

" بنشین سر جایت! کسی از جایش تکان نخورد تا من حرفهایم تمام شود."
و دیدم که نِمرود با چهره ای عبوس و با ترسی که نمی شد مخفی اش کرد آرام
سر جایش نشست

" جمال برعکس پاره ای از شما، یک جوانمرد است. او وقار و احترام محله بود."
سعدون بی اراده با صدای بلند گفت:

" به خدا درست می گوید، او یک جواهر است. "

" برای شما متاسفم که او را درست نشناختید و نا رفیقانه و از پشت به او کارد زدید.
برای من مسلم و قطعی است که عاملین و عامرین این کارد کشی نا جوانمردانه و
از پشت، هم اکنون در اینجا و در بین شما نشسته اند. من قصد دستگیری و
شکایت آنها را ندارم. برای من کسر شان است که خودم نتوانم کارم را از پیش
ببرم. آنکه روزگار آنها را سیاه خواهد کرد و نخواهد گذاشت که آب خوش از
گلویشان پائین برود من هستم . من رضا صارمی پدر جمال. شب و روز چون سایه
به دنبالشان هستم و عاقبت چنان درسی به آنها خواهم داد که از کرده خود سخت
پشیمان بشوند. زندگیشان را عبرت دیگران خواهم کرد.

این کمترین جریمه کسانی است که پاسخ مهر و محبت جمال من را که برای
کمک به آنها، به اتومبیل خود سوارشان کرد تا به مقصد برساند، و بجای قدردانی و
تشکر به قصد کش از پشت کارد را تا دسته فرو کردند.

کلام آخر اینکه شما جمال آرام را با من که با شما مدارا نخواهم کرد تعویض
کردید. پس ازاین، شما تا کمال من به کمال لازم برسد، و جای جمال قدرتمند و
جوانمرد را بگیرد با من، بجای جمال روبرو خواهید بود.

این را گفت و به من و صوفی فرمان داد که همراهش برویم ودر آستانه خروج به
حسین که داشت بدرقه مان می کرد پول زیادی پرداخت کرد.

من را کنار دست خودش نشاند و صوفی را به صندلی های پشت اتومبیلش
راهنمائی کرد و ما از مسیرش در یافتیم که به بیمارستان می رود.
جرات هیچ سؤالی نداشتیم.

" جمال جان تا هفته آینده با همراهی صوفی به " کلیولند " آمریکا می روید. می دانی که عمویت یکی از جراحان مشهور آنجاست. ترتیب همه کار ها را داده است. در انتظار سلامت کاملت می مانیم. و تا آن روز نمی گذارم جایت در محله خالی باشد "

چنان قاطع برید و دوخت که حتا جمال هم فرصت صحبت نیافت. فقط گفت
" پدر جان شاید برای صوفی مقدور نباشد که مرا همراهی کند "

" می توانی از خودش به پرسی. من و کمال داریم می رویم، در تنهائی ازش جویا شو..."

تمام ماجرای آن روز را فردا وقتی که پدر خانه نبود برای مادر تعریف کردم هر چند می دانستم پدر کمی در این مورد با او صحبت کرده است.

" پس تو جانشین جمال خواهی شد؟ "

" نه مادر، گفت تا کمال به کمال برسد خودم نماینده جمال خواهم بود "

ولی متوجه شدم که متاسفانه جمال دیگر جمالی نخواهد بود و پدر و مادر بیشتر از من در مورد او می دانند.

و بخاطر همین دانستن بود که عاقبت، جمال با پای خود از کلیولند آمریکا به کشور بر نگشت.

پدر آن روز وظیفه ای را بر کول من گذاشت که از توانم بیرون است. می دانم که من هرگز جمال نخواهم شد.

این نوشته براساس خبری که چندین سال پیش منتشر شد، خیال پردازی شده است.

اول بنا نبود

گاه درهم شدن چند بو، چه نفس گیرمی شود.

بوی عرق بدن، که با بوی انواع ادوکلنهای مردانه وعطرهای زنانه درهم شده بود، بوی تند سیری که با هردَم ، همچون تنوره ی دیو، چرخان بیرون میزد، و بوی لباسهای باران خورده که چیزی شبه بوی سنگ پای تمیزنشده بود، فضای اتوبوس را پرکرده بود و آسم کهنه ام کم کم داشت شروع می شد.

چنگش را برگذرگاه تنفسم احساس می کردم و می رفتم تا همچون حمله های قبلی، یک نفس راحت نهایت آرزویم باشد. نگاه درمانده ام را روی مسافرانی که بی هیچ مشکلی نفس می کشیدند ونمی دانستند ازچه نعمتی برخوردارند، چرخاندم و سروسینه وشانه هایم را به حالت نفس عمیق بالا دادم و با تمام نیرو تلاش کردم تا هوای خفه موجود را تو بدهم و دم و بازدمی را تدارک ببینم، ولی نا موفق و مایوس احساس کردم دارم خفه می شوم. و تمام تلاشم برای نیم نفسی راحت به جائی نرسید. ریه های بیمارم زیرفشاراین بو ها چلانده می شد و دستی قوی داشت نفسم را می برید. تحمل ماندن نداشتم، ناچار از خیر رسیدن به مقصد گذشتم و زنگ توقف اتوبوس را به صدا درآوردم و دراولین ایستگاه با زحمت خودم را پائین کشیدم.

سوز سرما گونه هایم را شلاق می زد ودریافتم که دفع فاسد با افسد کرده ام. خودم را به " کافی شاپ " خلوتی کشاندم وقبل ازسفارش، روی یکی ازصندلی ها ولوشدم وجیب هایم را برای " اسپری " ناجی، جستجوکردم. نفسم که آهسته آهسته به سوی رونق رفت، بار سنگینی ازکولم پائین گذاشته شد. سفارش قهوه ای تلخ وداغ دادم. به میزکنارشیشه های مشرف به خیابان رفتم. مِه روی آنها را پاک کردم و تصمیم گرفتم مدتی را همانجا بمانم تا کاملا رو براه شوم.

هنوز از بگو مگوهای دیشب خلاص نشده بودم، و به واقع نمی دانستم چه تصمیمی بگیرم. باورم نمی شد که، روی دُم بنشیند و هرچه دلش می خواهد بگوید. مثل مشت زنی که ضربه سنگین حریف ناگهان به چانه اش خورده باشد، سرگیجه گرفته بودم.

" من اولش هم از تو خوشم نمی آمد، چی شد که افتادم توتله نمی دانم. این همه سالها را تحمل کردم، اما حالا می خواهم آزاد شوم، ازقفس توخسته شده ام. "

ما بخاطرعلاقه ی زیادی که بهم داشتیم ازدواج کرده بودیم، هیچگونه فشاروفریبی هم درکارنبود، و این دوستی وعلاقه پس از ازدواج هم، ازهردوطرف بیشتر شد. تمامی تصمیم های زندگیمان را نیز به اتفاق میگرفتیم، ترک خانه وکاشانه وآمدن به اینجا هم با نظرموافق اوبود. من زندگی در" نیویورک " را دوست نداشتم ، ولی چون او می خواست، مخالفتی نکردم. اینجا هم تا کاری دست و پا نکرده بود، همانی بود که از اول بود، ولی دیشب آب را گذاشت کرت آخر.

البته مدتها بودکه احساس می کردم چیزی دارد اتفاق می افتد. با ملایمت وناباوری گفتم:

" پس بچه هامون؟ "

بسیاربی اعتنا جواب داد:

" نگران آنها نباش، بزرگ می شوند و راه خودشان را می روند. ضمنن من آنقدردوستشان دارم که نگذارم ناراحت بشوند. "

دنبال چاره می گشتم، حمله را ناگهانی شروع کرده بود.

" ولی خیلی برایشان ناجورخواهد بود که ببینند ما از هم جدا شده ایم و تو رفته ای سراغ مرد دیگری. "

" جا نمازآب نکش، توهم پاش که بیفتد می روی سراغ یک لکاته. اصلن " بیش ازاین هم لیاقت نداری. "

بهت زده نگاهش کردم. تا آن موقع آن همه دریدگی از او ندیده بودم.

هنوز مدتی ازاستخدامش درامورردفتری آرتش نگذشته بود که برایم تعریف کرد:

" جلال! واقعا" شانس آورده ایم، کاردائمی وخوبیه، مثل کارهای دیگه، خیلی راحت آدم را دست به سر نمی کنند، فکر میکنم اگر بتوانم تنگش را بکشم وضعمان کاملن روبراه بشود. "

ولی شبی که گفت:

" رئیسم افسرخوبیه، قبلن در کشور" کره " بوده وعلاقه ای هم نداره که مجددن به آنجا برگرده، اگر بمونه، چون احساس میکنم که ازکارم راضیه، شاید لازم نباشه که توکار بکنی. "

فکرم را سخت مشغول کرد. با آنکه دو تا بچه داشتیم، " زری " ، کماکان جوان، شاداب و زیبا بود، و مثل همه عمرش، خوب به خودش می رسید و شیک می پوشید، و همین باعث می شد که ناراحت باشم و نا خواسته آزارم بدهد.

بیش ازدوماه ازاستخدامش نگذشته بود، با توجه به حرفهائی که می زد وجسته وگریخته مطالبی را عنوان میکرد، بوهای ناجوری را حس میکردم. به اوگفتم :

" زری، اگر احساس میکنی زحمتت زیاد است، لازم نیست ادامه بدهی، بیش ازاین خودت را خسته نکن، درآمد من کافی است. "

ولی جواب او بیشتر پریشانم کرد.

" به خدا قسم اگر با مسلسل هم بتوانند کارم را ازم بگیرند! تازه راه و چاه را یاد گرفته ام و می بینم که ازم رضایت دارند "

دیشب با آمادگی کامل و تصمیمی که قاطع گرفته شده بود شروع کرد. هرقدرمن با منطق و ملایم صحبت میکردم او بیشتر تعجبم را بر می انگیخت.

به اوگفتم :

" مگرنه قرار و مدارگذاشته بودیم، که برای آینده ی بهتر بچه ها به اتفاق تلاشکنیم ؟ و مگر نه حالا اینجا اطراق کرده ایم وکم کم داریم روبراه می شویم ؟ وخب دستمون هم که به دهانمون می رسد و تقریباً از همه لحاظ کم و کسری

نداریم، پس چرا داری ادا درمیاوری؟ منکه گفتم تولازم نیست کار بکنی و گفتم که بهتره وقت بیشتری را با بچه ها باشی."

متاسفانه چشمانش را بسته بود و عقل را کنارگذاشته بود و یکدنده به راه احساس و خواست دلش میرفت.

" همان که گفتم، من دیگر نمی خوام این وضع را ادامه بدم، توهم بهتره لجبازی را کنار بگذاری."

خشم داشت دیوانه ام میکرد.... با فریاد گفتم:

" کدام وضع رو نمی توانی ادامه بدهی؟ مگر وضع چه تغییری کرده؟ زری! جرّم را در نیاور، داری خونم را جوش می آوری، ببین به توهشدارمیدهم که ازخر شیطان پیاده بشوی. بگذارصریح بگوم، که من نمیگذارم، تو به همین راحتی من را بیاندازی دور، و هر غلطی که دلت می خواهد بکنی. " درجوابم، پرخاشگرانه گفت:

" پس طلاق رابرای چه گذاشته اند؟ خب وقتی دو نفرنمی توانند زیر یک سقف باهم زندگی کنند، بهتر نیست که محترمانه از هم جدا بشوند؟ "

گفتم:

" صحبت نتوانستن زیر یک سقف بودن نیست، صحبت این است که گلوی تو بد جوری گیر کرده و بهر شکلی میخواهی همه چیز را فدا کنی، ولی به توگفته باشم، من نمی گذارم از من، پلی برای رسیدن به هدفت درست بکنی، از وقتی آمده ایم اینجا، از این بازی ها از دیگران زیاد دیده ام، ولی من از اوناش نیستم. زمان کوتاهی را به تو فرصت می دهم تا تکلیفت را با این گروهبان امریکائی یکسره کنی. من را از قوانین اینجا نترسان، بهتره سر به راه بشوی. من حتا حاضرم که مجددن و به اتفاق برگردیم سر خونه و زندگی سابقمون. هرچه هم در این مدت و به خاطر این جابجائی ازدست داده ایم جبران میکنم، اگر واقعا هم از زندگی با من خسته شده ای وحالا پس ازسال ها به این نتیجه رسیده ای که به دردت نمی خورم، وقتی برگشتیم، یا وقتی که داستان این پسره سرباز، تموم شد، ترتیب جدائی را میدهم. اما تحت هیچ شرایطی نمیگذارم که معشوق بگیری و به خاطر او همه چیز را بهم بریزی و به ریش من بخندی. "

اگرمی دانستم علت فقط خستگی وعدم علاقه به ادامه ی زندگی بامن است، راحت ترمی توانستم تحمل کنم، و از او که عمیقن دوستش دارم جدا شوم. ولی می دانستم که، فقط یک هوس است، وقاپ او را گروهبان همکارش دزدیده است، ومن زیر بار چنین خواست نا معقولی نمی روم، ضمن اینکه به شدت نگران سرنوشت فرزندانم هستم، فرزندانی که میدانم او نیز خیلی دوستشان دارد و بارها گفته است که زندگی را با آنها قشنگ می بیند.

اعصابم نمی کشد که دراین شهر شلوغ رانندگی کنم، داشتم می رفتم مطلب را با خواهرش درمیان بگذارم، که نفس تنگی امانم نداد. فکر می کردم شاید خواهرش بتواند چشمان او را بازکند، شاید از زبان خواهرش بهتر متوجه شود که دارد همه چیز را بنیانی درهم می ریزد، شاید بتواند به او بفهماند که کورکورانه به دنبال هوسش نرود، و به او بگوید که دارد تخم پشیمانی را می کارد.

به خانه که برگشتم، پیغامش را که درتلفن برایم گذاشته بودگرفتم:

"....به من پیشنهاد شده که با تقریبن دو برابرحقوق فعلی برای حداقل یکسال به ماموریتِ کُره، بروم و من میخواهم قبول کنم، بهتره بجای مخالفت و مقاومت، فکری برای خودت بکنی."

بدون کمترین اشاه ای به بچه ها.

چندین باران را گوش کردم. نشستم و غرق شدم.

درماندگی داشت کلافه ام میکرد. بچه ها با چه سر و صدائی از مدرسه برگشتند. مرا که دیدند واقعن خوشحال شدند. بوسه هایشان شوق را با اشک درچشمانم چرخاند، بخصوص وقتیکه دخترم سرش را روی شانه ام گذاشت و چندین بار به فارسی و انگلیسی تکرار کرد:

" بابا دوستت دارم "

سرگرمشان کردم، برایشان غذا آوردم و کانال مورد علاقه شان را راه انداختم و خودم را که زیر بار فشار ناجوری، کلافه بودم از دیدشان پنهان کردم. روی تخت درازکشیدم. دست ودلم به هیچ کاری نمی رفت. همه چیز تازگیش را برایم ازدست داده بود. بوی فضای اتوبوس را که حالا با بوی تن " زری " قاطی شده بود با خودم

آورده بودم. .....ودرهم شدن آنها بوی تند کافور را به سر و رویم می ریخت، و مثل اینکه به لباسم چسبیده باشد دماغم را می آزرد، احساس غبن همچون خوره به جانم ریخته بود و اراده ام را ازکار انداخته بود .

وقتی سال دوم دانشکده به نحوی خودم را کنارش نشاندم و او بی اعتنا جایش را تغییرداد، نا امیدی احاطه ام کرد. ولی حریف اراده ام نشد. تصمیم گرفتم فراموشش کنم. چندروزی به کلاس نرفتم. درحضور مجدد، ته کلاس نشستم وکمترین توجهی به اونکردم. این اوبود که به بهانه مشکل درسی به من نزدیک شد. آنروز شخص دیگری درمیان نبود، اما حالا گمان نمیکنم که برگشتی درمیان باشد. دیگر از آن حجب دست نخورده خبری نیست. قرارگذاشته بودیم که: برای گرمی و دوام زندگیمان علاوه بردو همسر، دو دوست باشیم. هم او بود که میگفت:

" دوستی مثل شرابه، هرچه کهنه بشه طعم ونشئه دیگه ای داره. "

افسوس که دارد بهم میخورد، دارد از روال می افتد. دارد جمع کوچکمان ازهم می پاشد. پیدا است که می خواهد به خواست دلش عمل کند وحاضر است ، هر بهائی ر ا برای تحقق آن به پردازد. نمی دانم، شاید، هرکس دیگری هم، اگر چنین دلباخته وشیدا می شد، به همین راه میرفت. ولی من حتی تصورش هم آزارم میدهد، دگرگونم می کند. نمی توانم آنرا قبول کنم. تک تک سلولهایم دارد چلانده میشود. اندوه دارد جانم را بالامی آورد. کم کم دارم محمومی شوم. صدا ها از خیلی دور و نا مفهوم به گوشم می ریزد. تنفر دارد روانم را پرمیکند. انتقام دارد زورش را تحمیل می کند. احساس پاک باختگی دارد ذهنم را ازجلامی اندازد. امید، دارد ازمن دور میشود. دارم تهی میشوم. خالی، بی خاصیت، بی رمق و بی حوصله. اگر واقعن برنامه اش را عملی کند و من و بچه ها را بگذارد و برود، بدون شک آخرین دیدارش ازهرسه ما خواهد بود. و این داغ برقلبش خواهد نشست، که تا زنده است زجر بکشد. دیر وقت آمد و بدون توجه به من، بچه های خواب را وراندازکرد ومشغول خودش شد. بسیارملایم و آهسته، ولی کاملن شمرده و واضح به او گفتم:

" زری! داری اشتباه میکنی. میدانم که پشیمان خواهی شد. یعنی کاری می کنم که پشیمان بشوی. میدانم که تبی تند است، و زود به عرق می نشیند. ولی بدان که آن وقت خیلی دیر خوهد بود. "

و قبل از آ نکه شروع کند، از دید رسش دور شدم. و این آخرین حرفهای من بود. و دیگر تا روزی که رفت و با یاد داشت کوتاهً:

" من رفتم، تماس خواهم گرفت. "

خبرش را به ما داد، هرگز با اوحرف نزدم. احساس می کردم که دلش می خواست حرف بزند ولی من راه ندادم. ورفت .....

به یکی دوتلفن راه دورش جواب ندادم ، پیغام گیر را هم قطع کردم. همه چیز را تمام شده و تاریک می دیدم. تصمیم را گرفته بودم. داغ ندیدن همیشگی مارا برتمامی وجودش خواهم نشاند. دلم میخواست می توانستم به نحوی اثرآن را می دیدم، که امکان ندارد. او بود که مرا تا مغز استخوان چزاند و ناچارم کرد که بهای سنگین و غیر قابل جبرانی را بابت آن به پردازیم. من و بچه ها، راحت می شویم، بر او چه خوا هد گذشت، نه می دانم، ونه مهم است.

این داستان " و نه این اسامی " واقعی است

در گورستانی متروک، و بی رونق ، دور از شهر " مادرید "
بر جای مانده از جنگهای داخلی اسپانیا، گوری مهجور بی سنگ نشانه ای، و بی
حتا، یک بازدید کننده،
نشانه ای است از عشقی که بر شاخه خشکش گلی تلخ روئید.

برهوت

فرق نمی کند که شروع یک عشق باشد با همه لطافتش، یا یک ماجرا با همه آنچه
را که به دنبال خواهد داشت. وقتی می خواهد شروع بشود، بی توجه به همه ی
مسائل شروع می شود. اشارات، حتا اگر گذر یک احساس در ریزش یک نگاه با
شد. اگرلرزش عبورموجی نا دیده ودرونی، یا تکان نا محسوس لبان به گفته باز
نشده ای باشد، پیغام را می فرستد. و چنانچه بر تمایل طرف، رد پای یک خیال را
هم داشته باشد، می گیرد و پاسخ می دهد. و این شروع گاه بسیار زیبا، نرم، رویائی
و مملو از شوق و تحرک و سازندگی است، و بنیان یک عشق را می گذارد. و گاه،
بنیان کن است. مثل یک سیل. بخصوص وقتی که سال ها با جوانی فاصله داشته
باشد. و ماجرای " سیاقی "و " هایده " یکی دیگر از قصه های کوچ است.
کوچی که هزاران ماجرا به دنبال داشت.

وقتی دریکی از کافه های خیابانی با او به صحبت نشستم، یکی از روزهای داغ
جولای " مادرید " بود. و شهر محسوس خالی شده بود.

" سیاقی " هم تا چند روز دیگر به سفرجنوب به " مایورکا " می رفت. شاید هم
برای ماه عسل، چون به اتفاق می رفتند. هنوز تکان ناشی از بازی جدید، صحبت

ها را درگوشی نگه داشته بود، و هنوز، باورها به عادت نزدیک نشده بود. خواهش کرده بودم قبل از سفر، نشستی با هم داشته باشیم. او را از هنگامی که نو جوان بودم می شناختم.

وقتی دبیرستان را می گذراندم، تاجر سر شناسی بود. و حالا در این گوشه دنیا، پس از سالها فاصله، بنحوی همکار بودیم.

آنقدرشناخت داشت که بفهمد نشست امروز، به بهانه قهوه ای که درچنان هوائی، طلبیده نمی شد، علت دیگری دارد. بخصوص که تا کنون، هیچ گونه حرفی در این مورد، عنوان نکرده بودم. موردیکه می دانست حتمن روزی بنحوی از سوی من مطرح خواهد شد. واین نشستی با تاخیر پس از گذشت چندین ماه بود.

" نمی شود دو بار زندگی داشته باشیم. تمام هم که شد، تمام شده است، می شوی خاک، روحت هم دیگر با تو نخواهد بود. می روی جائی که نمی دانی کجاست. بچه ها هم دیگر نیازی به من ندارند. همه روبراه و بزرگ اند. همه شان، زندگی خودشان را دارند. زنم هم در آنجائی که هست، دلش به آنچه که در چار دیواری خانه دارد خوش است، منهم زدم بیرون و آمدم اینجا. می دانی هر جای دیگری هم می توانستم باشم. امکانش به راحتی برایم فراهم بود. از کارهم به واقع خسته شده بودم، این یکی را هم فقط برای سرگرمی و گذران وقت های اضافی روبراه کرده ام. ...قلبم خالی و بسترم سرد بود، هایده را که دیدم آزمایش کردم، اولین اشاره ام را گرفت. "

بدون اینکه حرفی زده باشم، خودش شروع کرد. شاید به این قصد که من دنبال نکنم. وانمود می کرد که سهم او در ماجرا، همین بوده است، و اگر به بار نشسته، خواست هایده، بوده، سهم او فقط در حد یک اشاره! بوده است و بس. ولی شروع او، سنگینی را از زبان و فشار را از ذهنم برداشت:

" وقتی به عنوان منشی به دفترت آمد، با شوهرش بود. گو اینکه قرار بود، فقط آقای " ذوقی " با تو همکاری کند، چون او راه و چاه های اینجا را بهتر می دانست. بهمین منظور هم چند سهم به او دادی که با تو بماند. "

" ذوقی، خودش متوجه شده بود که منشی هم احتیاج داریم، و لابد برای اینکه درآمد بیشتری داشته باشند، هایده را پیشنهاد کرد، منهم قبول کردم. "

" و تو در همین زمان کم، توانسته بودی بفهمانی که روی چه کوه پولی نشسته ای، این قله هر کسی را وسوسه می کند. ذوقی یا بهتر، مهندس ذوقی تا این قله را دید همسرش را هم آورد تا دو دستی بر دارند، طفلک توجه نداشت که زرنگی، آمد نیامد دارد، از هول حلیم، کار دست خودش داد.

" گناهی ندارم، وقتی اشارات اولیه را، که نا پیدا، ملایم، و غیر مستقیم بود، گرفت، بسیار جدی وجود ذوقی را یاد آوردشدم. "

" خوب شد، حال وحوصله ی جوان ها را نداری، و زور و بازویشان را، وگرنه، احتمالن، یکبار دیگر پستچی مجبور می شد، دوبار زنگ بزند....."

خنده اش ناراحتم کرد.

" آخر نمی دانی، پدر سوخته چه حکایتی است. "

داشت عشق را در خودش حلول می داد، که حوصله اش را نداشتم. خودم را به عبور اتومبیلها مشغول کردم، و یکبار دیگر دریافتم که معیار ارزش ها، چیز دیگری سوای دانسته ها است، و حرف آخر، و حتا تکلیف آخر، با داشته ها است. و به کمک آن هر شلتاقی را می توان انداخت.

هفتاد سالگی را خوب نشان می داد. جای پایش از چین های ریز زیر گلو شروع شده بود، حاشیه لب ها را دور زده، کشیده بود بالا، وکیسه پلک های زیرین را پرکرده بود. طاق سفیدی روی خم بالای سیاهی چشمها زده بود، جلای پیشانی را تراشیده بود، و روی موها جا خوش کرده بود. بلند بالا و گران پوش بود. ودست ودلبازیش مشتاقان زیادی داشت. "

خودش می گفت:

" من جستجو گر زیبائی ام. آنگاه که یافتم، تحسین می کنم."

و در مورد او، این تعریف شاعرانه ای بود از لودگی. ضمن اینکه، خیلی هم زیبائی را جستجو نمی کرد، یا غایت ذوقش، همانی بود که می یافت. بیشتر به دنبال محبت

بود، محبت با پوشش کاملی از تعریف. مثل هر انسان دیگری، تمجید آبیاریش می کرد، و روی سلول های از کار افتاده اش تاثیری زایا داشت.

" پدر سوختگی " هایده هم، پاداش شناخت این تمایل او بود. شناختی که بتدریج به گُرده اش " تا " داده بود.

برای نزدیکی به جمع کوچک کوچ کردگان آن سامان، که هنوز چنین رخدادهائی، خوشایندشان نبود، بساط میهمانی های مجلل و پر ریخت و پاشی را در خانه زیبائی که ترتیب داده بودند، راه می انداختند، و موسیقی زنده را به مجالسشان می کشاندند، و رگ عشرت خواهی همه را تکان می دادند. با آنکه افسون های هایده و احتمالن لودگی هایش، حواسی برای سیاقی باقی نگذاشته بود، و همچون طلسم شدگان، با دهان خود، ولی با فکر او حرف می زد. من تلاشم را شروع کردم. از همان روزی که چند روز دیگرش به ماه عسل می رفتند.

" همه پشت سرت بد می گویند، داری حتا، حرمت سن ات را نیز ازدست می دهی."

می گویند:

" رضایت ذوقی، آنهم با این سرعت بایستی خیلی آب خورده باشد. "

می گویند:

" این یک برنامه توافق شده هایده و مهندس است، برای پیاده کردن تو. دلم می خواهد کمی هوشیار تر باشی. تودر دیار خود، سری داری و سامانی. این همه توی قالب عاشقی سینه چاک فرو نرو. خودت می دانی که اگر هنوز کوسی آنچنانی راه نیفتاده، صرفن معجزه پول توست که خیلی دیر پا نخواهد بود.

هایده، آنطور که نشان می دهد نبایستی بی قرارت باشد. دعوا سر لحاف ملاست، حواست را کمی جمع کن. "

تلخش شد. گارسون را صدا کرد، و از من پرسید:

" هوا خیلی گرم است بگذار برایت یک نوشابه خنک بیاورد "

موافقت کردم. و از تندی حرف هایم پوزش خواستم. و آرام گفتم:

" اشکال در علاقه ایست که به تو دارم، و می دانی که این علاقه ریشه در جوانی من دارد.

" به خاطر من، کاشانه اش را توچانده است، باید حمایتش کنم. ضمنن توجه داشته باش که ما رسمن ازدواج کرده ایم . "

آن روز حرف دیگری گفته نشد. برخاست، خستگی و گرما را دلیل آورد و رفت. و من با مانده نوشابه سردی که پیش رو داشتم، تنها ماندم.

ماهها بعد، با دوست مشترکی صحبت می کردم.

ازعلاقه سیاقی به من، و اینکه همین مطلب هایده را ناراحت می کند برایم گفت، و اصرارداشت که به دیدارسیاقی بروم.

من از آن روز گرم تابستان دیگر او را ندیده بود م، وحالا اواخر پائیز بود. در این مدت، کار، خانه، و تلفنم را تغییر داده بودم. در آوارگی، و اوایل کوچ، این تغییرات ناگزیر است، هیچ چیز سر جای خودش دوام نمی آورد. زیستگاه جدید، که باخانه اصلی تفاوتی فاحش داشت، زبری هایش را گاه و بیگاه در قالب مشکلات فراوان، نشان می داد. و این شکافی بود که بسیار کند بهم می آمد.

وقتی دوستم اصرارکرد که حتمن به دیدار آنها بروم، کنجکاو شدم. پرسیدم:
- چیزی شده؟ می دانم که با آنها رفت و آمد خانوادگی داری، ولی دلیل اصرارت را نمی دانم.

و اضافه کردم:

" نمی خواهم مزاحمشان بشوم، نمی توانم بی تفاوت باشم ...هایده ازسابقه آشنائی و بخصوص از علاقه من به سیاقی، اطلاع کامل دارد، و می داند که از عملکرد آنها دلِ خوشی ندارم، وبه همین سبب، تا آنجا که بتواند، مانع از نزدیکی و حتا دیدار ما می شود. من هم دیگر علاقه ای به موضوع ندارم، و تصمیم گرفته ام که فراموششان کنم. و به واقع چنین هم کرده ام.

" خودت می دانی، ولی بیشتر بدان، که سیاقی دست و پای آخر را می زند. اگر نخواهی که راوی کیست، برایت می خوانم. و قبل از واکنش من، نامه مچاله شده ای را در آورد، عینک خواندنش را به چشم زد، وگفت:

" اینهم درد دل خانم هایده "

و خواند

" با آنکه آنجای دنیا را پاره کرده، باز نمی دانم چرا این همه چشم و دلش می دود، تا زنی را می بیند، بخصوص اگر آب و رنگی هم داشته باشد چشماش دودو می زند، دست و پایش شُل میشود و تا حد ورآمدن لحیم گردنش سرش را می چرخواند. من نمی دانم زن چندم زندگیش هستم، اما باز سیراتی ندارد. سیراتی از چش هیزی، وگرنه، کاری ازش ساخته نیست. فقط حرف! می زند... واقعن خسته شده ام. آرزوی روزی را دارم که ازش خلاص بشوم. الان حدود دو سال است که منتظرم. گمان می کردم همان ماهای اول تمام می شود، مرتب به خودم می گفتم: باهاش بساز،جلوی همه، ظاهرو حفظ کن، پاش لبِ گوره. عوضش بعد راحتی، آزادی... .اما خواهر، دارد عمر نوح میکند. "

صدای قلبم را می شنیدم، دلم می خواست فریاد بکشم. حرف های هایده بود. نظر و بیانش را می شناختم. می دانستم که هدفی جز همین که گفته است ندارد. سیاقی، جایگاه، معشوق را نداشت. صحبتِ نه عشق، که نقشه ثروت او بود. ثروتی که مدعی نداشت.

پرسیدم:

- این نامه می تواند، بسیار خصوصی باشد، تو چگونه به آن دسترسی پیدا کردی؟

" وقتی مطلبی از ذهن به بیان می رسد، و حتا مکتوب هم می شود، درز و دوز زیادی می یابد. برایت جالب است، نه؟ ...بد نیست بدانی که دوستش با انصاف تر است. در پاسخ گفته است:

این بار پشت همان کاغذ مچاله شده را خواند. خط خودش بود، گویا از روی چیزی رو نویسی کرده بود.

" اما خواهر، برای تو که بد نشد. کاش یکی هم به تور من می خورد. مثل اینکه حواست نیست که، چی بودی و چی شدی...یادت هست اینجا که بودی، حتا این

آخری ها هم، کارو بارت بهتر نشده بود. با مهندس هم که ازدواج کردی، چیزی ندیدیم. بالاخره هم زدی بیرون، وبهر ترتیب خودت را رساندی آنجا. هرچند نفهمیدیم آقا ذوقی به واقع مهندس بود، یا لقبی بود که تو بهش داده بودی. آس و پاسیش به مهندس ها نمی خورد. حالا ببین چی شده ای؟ خانه زندگیت را نگاه کن، بیشترِ دوست و آشناها حسرتت را می خورند.... چند تا حساب بانکی پر و پیمان داری. واقعن آدم نا شکری هستی....طفلکی کجا دارد عمر نوح می کند؟ ... گمان نمی کنم هفتاد و داشته باشد، آن طرف ها، در این سن ها، تازه اول چل چلیشونه. بلند قد و خوش پوش هم که هست. خودت میگی که دس و دلبازیش هم حرف ندارد. معلوم است که از برو روئی هم بی بهره نیست. ازآن لحاظ هم می دانم که خیلی بی نصیب نیستی! . تازه مگر چقد طول می کشد. کمی تحمل کن دختر. اینهمه بی قراری چرا؟ "

" یک توصیه هم دارد، که درست نفهمیدم چه می خواهد بگوید." باکمی سکوت، سرش را از روی کاغذ برداشت، وآن را همانطورمچاله درجیبش فروکرد. و شمرده گفت:

" شوک سکسی! "

سیگاری نیستم. سیگار روشنش را از لای انگشتانش بیرون کشیدم، و با پکی ناشیانه دودش را بیرون دادم. بغض داشتم. حرفم نمی آمد. نگاه کم عمق و تهی ام را به اطراف سالن هتلی که نشسته بودیم چرخاندم. و به سکوتم ادامه دادم. فکرم کارنمی کرد. هیچ دلیلی برای ادامه شرکت در این بازی نمی دیدم. تا اینجایش را هم یک دخالت می دانستم. دوستش داشتم، برایش احترام قائل بودم. ومی دانستم که " صغیر " هم نیست. قیم هم نمی خواهد....بنظرم برای همین شوک سکسی هم تن به اینکار داده بود.

دوستم دعوتم را به بودن بیشتر با من رد کرد.   جدا شدیم. مدتی به تنهائی در همانجا نشستم، کمی هم بی هدف پرسه زدم. مجله پرعکس و تفصیلاتی! خریدم و به خانه رفتم. بی حوصله روی تخت دراز کشیدم، مجله را باز کردم و رفتم خانه سیاقی، بودم تا خوبم برد.

هنوزخودم را پیدا نکرده بودم. پلک های ازخواب بهم چسبیده ام باز نمی شدند که، تلفن آخرین زنگش را زد و ساکت شد. برای یک روز تعطیل زود بود. بازخودم را به خواب سپردم. وقتی دوش گرفتم، و رفتم سراغ تلفن، چشمک چراغ پیغام گیر، حاصل زنگ قبلی تلفن را اعلام می کرد. صدای سیاقی خوشحالم کرد:

" فرصت کردی فردا دوشنبه سری به دفترم بیا، دلم می خواهد با هم چای بخوریم. "

بعد از ظهر همان روز به " بارسلون ". می رفتم. نمی توانستم نروم.

ناچار بایستی اطلاع می دادم و زمان دیگری را قرار می گذاشتم. ناشناسی گوشی را برداشت و گفت، که خانه نیستند. خواهش کردم به سیاقی بگوید که منتظر تلفنش هستم. تا قبل از رفتن به فرودگاه تماس نگرفت.

از بارسلون قرار روز جمعه آینده را با او گذاشتم. جمعه ای درسپتامبر. حدود دو سال پس از آخرین نشستی که با هم داشتیم، به دفترکارش رفتم. تنها بود. خسته و تکیده به صندلی گردانش تکیه داده بود.

" خیلی زودتر منتظرت بودم. قرار بود دو ساعت پیش اینجا باشی، می خواستم با فرصت کافی با تو حرف بزنم. حالا خیلی خسته ام، دارم می روم خانه، موافق باشی با هم می رویم، ناهاری به اتفاق می خوریم و قراری برای فردا می گذاریم که بیا ئی سراغم تا با هم برویم بیرون، می خواهم با تو تنها صحبت کنم. "

قبل از اینکه پاسخ مرا بشنود، ادامه داد:

" خیلی دوری می کنی، خودت خوب می دانی که واقعن دوستت دارم... "

ـ دوری من بخاطرعلاقه متقابلی است که به تو دارم. احساس می کنم وجود من بهرتعبیر برایتان خوش آیند نیست. نشخوارآدمی حرف است، وحرف من با تو، نمی تواند فقط ازوضع هوا، یا تفسیر های سیاسی باشد. بدون شک به مسیردیگری نیزکشانده می شود، که نمی خواهم. با پوزش، برای دو روز آخر هفته از قبل برنامه

گذاشته ام، ضمن اینکه خیلی دلم می خواست می توانستم فردا بیایم. اما قول می دهم دوشنبه، هر ساعتی که بگوئی، بموقع حاضر باشم. "

" موافق باشی، دوشنبه ناهار را با هم می خوریم. من حدود ساعت یک بعد از ظهر منتظرت خواهم بود. "

خسته تر ازآن بود که بیشتر بمانم. برخاستم و پیشنهاد کردم اجازه بدهد او را به خانه برسانم. هیچوقت رانندگی را فرا نگرفت، و همیشه این کسری را احساس می کرد. ضمن تشکر، گفت که منتظر هایده است.

با مردی که پادوئی او را می کرد تنهایش گذاشتم و رفتم. این آخرین باری بود که او را دیدم و با او صحبت کردم.

درست فردای آن روز، با بهت و حیرت و نا باوری شنیدم، ایست نا بهنگام قلبی، سیاقی را باخود برده است.

نمی توانستم از دیروز، از جمعه، و از بودن و صحبت کردن با او جدا شوم. قرار دوشنبه چه می شود؟ این بار او بود که می خواست حرف بزند. چه می خواست بگوید؟

و روز بعد، در یکشنبه ای خلوت، که همراهِ بادی با بوی شدید برگ ریزان پائیز بود، حدود ساعت ۲ بعد از ظهر، وقتی در گورستانی دور و متروک، کنار چاله ای که برایش کنده بودند، صورتش را باز کردند، پایان دیدار من ازچهره به واقع دوست داشتنی او بود. چهره ای که حالا بیش از معمول رنگ پریده بود. چهره ای که به من می گفت چرا جمعه دیرآمدی؟ و می گفت:

" این همه حرف را به کجا دارم می برم؟ "

هرگز تا آن روز او را بدون عینک ندیده بودم. بی اختیار دستم را روی صورتش کشیدم. سردی گزنده ی مرگ توام با ۲۴ ساعت سرمای سرد خانه ای که آن جا میهمان بوده است، مثل برق گرفتگی، تا شانه ام را لرزاند و تکانم داد. همه آمده بودند. و با صحبت های در گوشی وآرام، از تعجب هایشان می گفتند.

" چقدر سریع همه چیز برای به گور فرستادن او مهیا شده است. مثل اینکه از قبل تدارکی در کار بوده است "

" این جا را، این گورستان پرت را کی پیداکرده است؟ "

تقریباً، مشخص بود که هیچ یک از حضور یافتگان از چنین جائی اطلاع نداشتند.

" عجیب است کسی که تا روز جمعه حتا بیمار هم نبود ، همه وسائل به خاک سپاری عجولانه برایش حاضر است، حتا پرچم ایران!! "

" کدام دکتر به این سرعت جوازدفن صادر کرده است؟ "

همه غم زده بودند. ولی هیچ کس گریه نمی کرد، حتا من. بیشتر بُهت زده بودیم. هایده هم خودش را می دزدید، تا از سنگینی آنهمه نگاه بگریزد....عجب فضائی بود! نمی دانم، چرا بیشتر به من تسلیت می گفتند، تا به هایده. یا من چنین احساس و تصوریداشتم. پس از مدتی سر گردانی، هایده، با نگاهی به من که یعنی،

" چشماتو باز کن و ببین "

و بی توجه به انبوه آدم هائی که به احترام سیاقی، سیاقی که دیگر نبود، حضور داشتند، خم شد که صورت بی جان او را ببوسد.

" که یعنی خیلی چیز!ها "

زنی عصبی، بازوی او را گرفت و با تحکم گفت:

" خانم بس است، بازی تمام شده است. "

و فرصت نداد، ادامه بدهد. و من فهمیدم و به احتمال، هایده نیز.

و دانستم که تنها نبوده ام.

یکی بلند فریاد زد:

" چه عجله ای در خاکسپاری بود، چرا فرصت داده نشد، تا مراتب به اطلاع فرزندان و خویشانش برسد "

به بغل دستی ام گفتم:

- اینجا کجاست؟ چقدر غریب، دلگیر، و متروک است. بیش از گورستانهای دیگر تنها و غمناک بنظر می رسد. از کی اینجا را در نظر داشته اند؟ سرم از شدت درد داشت منفجر می شد، داشتم از سرمائی که نبود می لرزیدم. حالت تهوع آزارم می

داد. بغض اسف، گلویم را فشار می داد. مردی خودش را به داخل گور انداخت و با اشاره به جسد سیاقی که در کنار آن درازکشیده بود، گفت:

" این بیچاره را بیش از این معطل نکنید، چرا همه ایستاده اید؟ "

و ادامه داد :

" من که نمی دانم کجا او را شسته و آماده دفن کرده اند. "

خانم دیگری گفت:

" ... چه کسی جواز دفن صادر کرده؟ او که در بیمارستان نبوده، و متعاقب بیماری فوت نکرده است. "

آقائی که پادوئی دفتر کارِ سیاقی را به عهده داشت، و از گماشتگان هایده بود، و با آنها رفت و آمد می کرد، گفت:

" پزشکی لبنانی که با آنها آشناست، و آمد و شد خانوادگی هم دارد، و کم و بیش از حال او مطلع بود، جواز را داده است. بدون جواز که نمی شود، کسی را دفن کرد " این را گفت و یکطرف جسد را گرفت، و با کمک دیگری آن را در آغوش آقائی که درگور سیاقی ایستاده بو قرار دادند. و .... چند دقیقه دیگر ریزش انبود خاک، سیاقی را از صفحه روزگار پاک کرد.

راه افتادم، و به سوی درخروجی رفتم.

احساس می کردم تهی شده ام، رفتن های سریع وناگهانی باور را در خلاء رها می کند. و با حرکات آونگی، مانع می شود که به سمتی قلاب شود و تکلیف بیابد. بی هیچ فرصتی، برای همیشه رفته بود، و من خودم را مظلومانه تنها می دیدم. احساس می کردم وزنه ای از کفه اعتبارم کم شده است، و دیگر پدرم قلدر محله نیست، و بایستی آماده هر فشاری باشم. خودم را با دنیائی از اوهام در چاه زمان درحال سقوط آزاد می دیدم، و غبنی آزار دهنده کلافه ام کرده بود. مدتها بود در تدارک کوچ دیگری بودم، و جمع و جورکردن هایم داشت به انتها نزدیک می شد.

با قرار قبلی که داشتم روز چهار شنبه همان هفته به دیدار وکیلم رفتم. وکیلی که در همان اوایل کار، به سیاقی معرفی کرده بودم. انگلیسی می دانست و برای سیاقی ایجاد ارتباط راحت تر بود. در لحظات آخر ملاقاتم، خودم را جمع و جور کردم و درگذشت سیاقی را به اطلاعش رساندم. عینکش را جابجا کرد و با نگاهی گویا گفت:

" می دانستم، واقعن حیف شد. دیروز خانمش به اتفاق آقائی که مترجمش بود، به اینجا آمد، ودر مورد ارثیه او پرسو جو می کرد "

و نا مفهوم ادامه داد:

" هنوز آب روی خاکش خشک نشده است "

بی اختیار گفتم:

– هوا خیلی گرم است. و در این هوا، هرچیزی زود خشک می شود، حتا آب روی خاک.

از شهر مادرید، در جاده ای که به سوی " اندولس " می رود، حدود ۳۰ کیلومتر که برانی، و بعد در جاده خاکی سمت راست نیز، بیست دقیقه ای بروی به دهکده ای می رسی که برعکس دیگر شهرک ها و دهات کوچک و بزرگ اسپانیا ا ز هر صفائی خالی است. در گوشه ای از این محل، قطعه زمین وسیع حصارگرفته ایست که مملو از بوته های خار و علفهای هرزاست. در انتهای شمالی این زمین تعداد کمی برجستگی هائی هست که میگویند، گور مسلمانانی است که در جنگهای داخلی اسپانیا کشته شده اند. سیاقی آنجاست بی سنگ نشانه ای.

ریزش طاق نما

وقتی چراغ راهنمائی راه داد، رفتم عرض خیابان را از روی خط عابر پیاده عبور کنم. اتومبیلی که با سرعت می‌آمد متوقفم کرد شک داشتم بتواند توقف کند. نرفتم. صبر کردم ببینم راننده می‌تواند افسار اتومبیل را به موقع بکشد.

سرعتش که کم شد با عجله دویدم توی خط عابر پیاده،، اشتباه کرده بودم، راننده نتوانست به موقع توقف کند، گویا بجای ترمز گاز را فشرده بود. چنان پرتم کرد که پهن زمین شدم. نمی دانم چرا فکر کردم مرده‌ام.

اما چه جور شد که از جا برخاستم و با سرعتی که حتا از یک آدم تصادف نکرده هم بعید بود، خودم را به در کنار راننده رساندم، آن را باز کردم و افتادم روی صندلی. راننده که در تدارک فرار بود، دست پاچه شد. فقط توانستم بگویم مرا به بیمارستان برسان. خونی که کف اتومبیل را پوشاند، ترس مرگ را در جانم ریخت. دیگر نفهمیدم.

اتومبیل هنوز بوی نوی می داد با رنگی که کمتر دیده بودم. رنگ کرمی که برق ذرات طلائی داشت. راننده دختر جوان زیبای چشم بادامی بود که از ترس، دیگر زرد نبود. رنگ دیگری به خود گرفته بود. شاید این هم یک نوع شانس باشد. من بی‌هوش بودم که گویا او بطرف بیمارستان حرکت کرد.

پس از بیهوشی در اتومبیل آن دختر خانم، دیگرنمی دانم برمن چه گذشت. نمی دانم چند روز یا چند هفته بعد روی تخت بیمارستانی که نمی‌شناختم، با دردی توان سوز چشم باز کردم.

" دارم از درد می‌میرم.... کسی اینجا هست؟ ...."
صدای زنانه‌ای را که با دیگری صحبت کرد شنیدم:

" چشم باز کرد. دکتر را خبر کنید."

داشتم تعجب می‌کردم. چرا خودش دکتر را صدا نکرد. با همه‌ی تلاشم نتوانستم به هوش بمانم.

پلک‌هایم قدرت بازماندن را از دست دادند، چشمانم بسته شد و گویا دوباره بیهوش شدم.

وقتی چشم باز کردم دردم کمتربود. دو پرستار و یک دکتر بالای سرم بودند رو به دکتر گفتم:

" اصلن حالم خوب نیست، خرد شده‌ام. نفسم راحت بالا نمی‌آید ..."

" می دانم اما امیدوار باش. ما سخت در تلاشیم. اینجا بیمارستان بسیار مجهزی است."

و یکی از پرستارها که کمتر در صحبتهایشان طنز هست، با کنایه ای پر از طنز گفت:

" در بیابان های کشاورزی چکار می‌کردید؟ مزرعه‌دار هستید؟"

نفهمیدم چه می‌گوید. چشمانم سنگین شده بود. آن ها را بستم و خوابیدم. فقط نا مفهوم شنیدم که کسی گفت:

"کاریش نداشت باش، تاثیر مرفین است... از بالای سرش..."

شاید گفته بود

" تکان نخور"

هر بار از هوش رفتنم چقدر طول می کشید، نمی‌دانم.

این بار با دردی کمتر ولی با حالت تهوع شدید بیدار شدم. داشتم کلافه می‌شدم. می‌دانستم به ترکیبات تریاک حساس هستم.

پشتی تختم را کمی بالا داده بودند. با تعجب متوجه شدم که بیشتر پائین تن‌ام در گچ است. سر درد هم داشتم . حالم خوش نبود.

پرستار مراقبم گفت:

"می‌توانی حرف بزنی؟ فقط چند کلمه. شاید بتوانی پلیس را در مورد راننده‌ای که تو را آورده بیمارستان کمک کنی. مرد محترمی به نظر می‌رسد، می‌گوید مقصر

نیست. تورا که بیهوش در کنار مزرعه‌ای پیدا می‌کند نتوانسته بی‌تفاوت بگذارد و
برود."

"اگر بتوانی کاری برای رفع حالت تهوعام بکنی شاید..."

وقتی با آمپولی برگشت و گفت

"این هم برای تهوعات"

پرسیدم:

"گفتی آنکه مرا به بیمارستان رساند مرد بود."

"بله مردی جان شما را نجات داده است "

زیر لب گفتم با حالی که من دارم گمان نمی‌کنم جانی به در ببرم. و پرسیدم.

"تو او را دیده‌ای؟ مثل خودمان است یا چشم بادامی است؟"

با تعجب نگاهم کرد و گفت

"پلیس را که پشت در است بگویم فقط برای چند سؤال بیاید تو؟"

با تکان سر موافقت کردم

پلیس کوتاه قد خوش‌روئی وارد شد و با لبخندی که خوشم آمد گفت:

"خوشحالم که دارید بهتر می‌شوید. زیاد مزاحم نمی‌شوم. چند سؤال کوتاه دارم.
مفصلش را می‌گذارم برای وقتی که حالتان کاملن خوب شد "

با نگاه و حرکت سر موافقت کردم.

"یادتان می‌آید کجا تصادف کردید؟"

"بله، روی یکی از خط‌های عابر پیاده در خیابانِ ..."

"چرا؟ "

"چی چرا؟ سرکار"

"چرا تو خط عابر پیاده؟ اتومبیلها که پشت خط عابر توقف می‌کنند."

"ولی این یکی نکرد. گمان می‌کردم توقف کند، حتا متوجه شدم که سرعتش را کم
کرد، و می‌رفت که آرام به ایستد . عجله داشتم رفتم توی خط عابر پیاده تا خیابان
را رد کنم، ولی راننده ناگهان پایش را گذاشت روی گاز و با سرعت هرچه تمامتر
مرا مثل پرکاه پرت کرد. دختر خانم معقولی بنظر می‌آمد. باید اشتباه کرده باشد،
گاز را بجای ترمز فشار داد. برای داشتن تجربه رانندگی جوان می‌نمود."

" گفتی دختر خانم معقولی بود؟ تو هم مثل راننده که گاز و ترمز را اشتباه کرده است، اشتباه نمی‌کنی؟ کسی که تو را به بیمارستان آورد آقا است و نه خانم."

" نه سرکار. اشتباه نمی‌کنم. دختر خانم جوانی بود با چشمان بادامی. شاید تازه گواهی‌نامه گرفته بود."

" خودش سوارت کرد؟"

" نه خودم پریدم توی ماشینش و خواهش کردم مرا به بیمارستان برساند. ولی دوام نیاوردم و بی‌هوش شدم."

" آقای ضرابی گمان می‌کنم استراحت بکنید بهتر است. بعدن مزاحم می شوم."
داشتم دوباره از حال می‌رفتم، محو و گنگ شنیدم به پرستار گفت:

" اصلن حالش خوب نیست. دارد هذیان می گوید. می گوید با خانمی تصادف کرده و خودش بدون کمک کسی بلند شده در اتو مبیل او را باز کرده و کنار راننده نشسته، و خواهش کرده که برساندش به بیمارستان"

فکر کردم، چرا آقائی مرا به بیمارستان رسانده؟ جریان چیست؟
پاسی از شب گذشته بود که چشم باز کردم. پرستاری با سرنگ خالی کنار تختم ایستاده بود.

"فکر کردیم درد داری. دکتر گفت، نه مرفین ولی داروی ضد درد دیگری به تو تزریق شود."

"هنوز هم در ناحیه شکم، درد زیادی دارم."

"برای همین درد که نشان داده شده در جائی از محوطه شکمت خونریزی هست امشب، یعنی تا کمتر از یکساعت دیگر عملت می‌کنند. باید علت خونریزی هرچه زود معلوم شود. تا متوقفش کنند."

"عمل!؟ شبانه؟ مگر خونریزی زیادی دارم؟ "

" نمی‌دانم. ولی می‌دانم که قرار است همین امشب عمل بشوی همه دکترهای مربوطه هم آمده‌اند. جراح، دکتر بیهوشی، پرستارهای اتاق عمل، همه وهمه..."

" مثل اینکه وضعم تعریفی ندارد. باید رفتنی باشم . دلم برای این همه تلاش می سوزد."

" این حرفا چیه آقای ضرابی؟ "

" نفهمیدی چرا پلیس حرف‌هایش را با من تمام نکرد؟ شنیدم که به همکارت می‌گفت من هذیان می‌گویم. در حالیکه من آرام و با دقت به همه‌ی سؤال‌هایش جواب می‌دادم. "

" آقای ضرابی بگذار روشنت کنم. تو را آقائی، بیهوش به بیمارستان آورده است. ولی تو می‌گوئی با اتومبیل خانمی تصادف کرده‌ای. این همه را گیج کرده است، بخصوص که از یکطرف گفته‌ای شدت تصادف تو را پرت کرده و از طرف دیگر گفته‌ای که خودت پس ازچنین تصادفی برخاسته و رفته‌ای سوار اتومبیل خانم شده‌ای. "

" خانم پرستار! من را دارند می‌برند اتاق عمل، شاید زنده برنگشتم. خواهش می‌کنم با دقت توجه بفرمائید. این کاملن حقیقت دارد که من با یک دختر خانم چشم بادامی تصادف کردم، نمی‌دانم چینی بود یا کره‌ای یا از کشوری دیگر در آن حدودها، و چون دیدم در تدارک فرار است با همه‌ی نیرو برخاستم و خودم را به درون اتومبیل او انداختم و گفتم مرا به بیمارستان برسان.

بنظر می‌رسد مرا کنار مزرعه‌ای در بیابان‌های اطراف پرت کرده و رفته و این آقا از سر خیرخواهی مرا به بیمارستان رسانده است. خواهش می‌کنم حتمن این حقیقت را به پلیس بگوئید. همکارت می‌گفت این مرد خیّر گرفتار شده و پلیس حرفش را قبول ندارد. "

" بخاطر این کار خیر حتمن سالم و خوب از اتاق عمل بیرون می‌آئی. همه این حرف‌ها را به پلیس خواهم گفت شاید از آن آقا رفع اتهام شود. ضمنن بگویم که اگرپس از تصادف از جایت تکان نخورده بودی این همه ضایعات نمی‌داشتی. برای سلامتی‌ات دعا می کنم. "

حالا شش ماه است بیمارستانم. می گویند یکماه دیگر گچ ها را باز می کنند. می گویند امیدوارند که خوب خوب بشوم. ولی خودم چنین احساسی ندارم. شنیده ام که پلیس رد دختر خانم را در " هنگ کنگ " پیدا کرده است. و گویا می خواهد از " اینتر پل " کمک بگیرد که من موافق نیستم.

نمی دانم از بیمارستان که مرخص شدم خودم می توانم کارهایم را روبراه کنم یا
نمی خواهم به " یا " ی آن فکر کنم...

" آقائی که تا حالا او را ندیده ایم آمده می خواهد شما را ببیند، اجازه می دهید؟ "
" اگر مامور است چه از بیمه یا پلیس یا هر جای دیگر، نه، حوصله ندارم. "
" گمان نمی کنم اداره ای! باشد "

" آ قای ضرابی از دیدارتان و از اینکه روز به روز بهتر می شوید خوشحالم... "
" می بخشید! جنابعالی؟ "
" من وکیل خانواده " جیانگ لو " هستم. اگراجازه بدهید چند دقیقه وقتتان را می
گیرم. "
" جیانگ لو؟ نمی شناسم و نمی خواهم بشناسم و حوصله و رمق مصاحبه هم
ندارم. از آمدنتان ممنونم ولی نمی توانم در خدمتتان باشم "
" آقای ضرابی! خانمی که با شما تصادف کرد و آن کار احمقانه را انجام داد خانم
جیانگ لو است دختر این خانواده است. "
" شنیده ام که خانم! هنگ کنگ تشریف دارند؟ "
" اجازه می دهید چند دقیقه بنشینم ؟ "
" فکر می کنم که همان روز تصادف متوجه شده اید که خانم جنیفر جیانگ لو
دختر خانم جوانی است. او فقط بیست سال دارد."
" این دختر خانم جوان که حتمن منظورتان کم تجربه بودنش است، چطور توانسته
مرا از اتومبیلش بکشد بیرون، مثل یک لاشه بی اندازد در بیابان و برود. این کار
یک آدم خونسرد ، آگاه و خب، خلافکار است. و البته سنگدل! و بی گمان سخت
ترسیده "
" شما درست می گوئید. مقصود من هم این بود، کل کاری که در رابطه با شما
انجام داده است اشتباه و ناشی از جوانی و کم تجربگی بوده وبی تردید از ترس و
وحشت شدید. وبه علت همین وحشت به هنگ کنگ پناه برده است. "

" می توانم بپرسم قصد شما از آمدن اینجا چیست؟ خواهش می کنم بی زمینه چینی و بطور خلاصه منظورتان را بفرمائید. من، هم خیلی خسته ام وهم روحیه خوبی ندارم، می بخشید از جور حرف زدنم، آقای ...."

" مزینی! آمده ام از شما بپرسم که در رابط با این تصادف می خواهید چکار کنید. بهتره بگویم چه چیز شما را راضی می کند."

" تا قبل از رو در رو شدن با خانم جنیفر جیانگ لو، نه رضایت می دهم و نه چیزی راحتم می کند. گمان می کنم حرفم را واضح بیان کردم جناب مزینی."

" خوب می دانم که چقدر آزرده و خسته هستید و کل این پیش آمد تا چه حد شما را در هم کرده است، ضمن تشکر از اینکه مرا پذیرفتید و با ابراز خوشحالیم که دارید بسوی بهبود کامل می روید اجازه بدهید در ملاقات کوتاه بعدی پاسخ خانواده جیانگ لو را به اطلاع شما می رسانم"

" خواهش می کنم طبق عادت وکلا وقت را با رفت و آمد تلف نکید. ممنون می شوم مرا بیش از این نیازارید، ضمنن بگویک که بایـد خانواده هوشمندی باشند. انتخاب وکیـل فارسی زبان، نشانه آن است "

وقتی طبیب معالجم همراه با دو پرستاری که بیشتر با من در تماس بوده اند، وارد اتاقم شدند فهمیدم که نباید یک ویزیت معمولی روزانه باشد.

" آقای ضرابی، خوشحالیم که دارید خوب می شوید. روزی که آن آقا ا آورد تان بخاطر خون زیادی که از شما رفته بود و شکستگی های متعددی که عکس ها نشان دادند و بیهوشی عمیقی که داشتید گمانمان بر زنده بودنتان بسیار اندک بود. جوانی و اراده شما یاری کرد تا معالجات مؤثر واقع شود. آنچه را که می خواهم بگویم و شما باید بدانید این است که در دو قسمت بدن شما فلز بکار برده ایم در قسمت چپ لگن و در ران پای راست. دیگر اینکه به علت پارگی شدید که همراه با خونرزی زیاد بود نا چار طحال شما را بر داشتیم .

شما حد اقل باید به مدت یکسال با تکیه بر عصا و آهسته راه بروید. ضمنن هزینه بیمارستان شما نیزرقم بسیار بالائی است، متوجه هستید که در اتاق اختصاصی بستری هستید.

اگر اجازه بدهید مراتب را به خانواده شما نیز خواهیم گفت. می دانیم خود شما به آنها می گوئید ولی اصرار دارند از زبان مانیز بشنود.

تا ده روز دیگر مرخص خواهی شد.در این فاصله همه گونه بررسی مجدد را برای اطمینان کامل از سلامتی شما بعمل خواهیم آورد. می خواهیم خیالمان راحت شود "

داشتم فکر می کردم، این چه طوفانی بود که آوارم شد....؟ کجا می رفتم؟ چرا پیاده بودم ؟ ...معلوم نیست دیگر آدمی که بودم بشوم. یکسال با عصا؟ یکسال آهسته راه رفتن؟ دختر خانم چرا ترمز نکرد؟ چطور توانسته دست تنها من را، من را که نه، لاشه ام را از اتومبیلش بیرون بیاندازد؟ داشت حالم دگرگون می شد. زندگی روی دیگرش را رو کرده بود. روی زشت و کریه اش را. نه، روی دیگرش مرگ نیست. مرگ راحت شدن است مرگ به نوعی رهائی است.

برایم کتاب دلخواهم را آورده اند، اما حتا حوصله نکرده ام بازش کنم. فکر می کنم نیمی از خون در گردش رگهایم دارو های گوناگونی است که به کمکشان زنده مانده ام....این هم شد زندگی؟

خیلی ها در این مدت طولانی به دیدنم نیامدند. چرا؟

می دانم هرکس درد و مشکلات خودش دارد. بیایند که چه کنند؟ احوالپرسی ؟ مسخره است. من دارم خاموش می شوم. دیگر برای اطرافیانم حرارت لازم را نداردم .

زنگ کنار تختم را فشار دادم، نمی دانستم چرا. پرستاری پاسخ داد:

" چه مشکلی دارید؟ "

" لطفن اگر امکان دارد برایم آینه بیاورید. "

" آینه!؟ ...می خواهید چکار کنید؟ "

" می خواهم خودم را که مدتهاست با دقت ندیده ام، ببینم "

" اقای ضرابی! حالتان خوبه؟ "

جوابش را ندادم.

کاش گفته بودم خوابم نمی برد داروی خواب می خواهم. حالا هم دیر نشده. رفتم دوبار زنگ بزنم که تلفن اتاقم به صدا در آمد:

" آقای ضرابی! آقای مزینی پشت خط است، می خواهد با شما صحبت کند، وصل کنم؟ "

" نه، بگو خوابم. "

و برعکس همیشه که دائم خوابم می برد، پلکهایم باسنگینی و چشمانم با خواب فاصله زیادی داشتند. و هجوم افکاری که مثل ابرهای تیره ودرهم و بر هم تمامی رگهای مغزم را گشت می زدند آرامم نمی گذاشت.

لحظه ها گاه بنیان می گذارند شکوه و زیبائی و عشق را و گاه فرصت سال را برای د رهم ریختن قشنگترین طاق نما های زندگی فراهم می کنند. و برای من لحظه ی تصادف آن روزبنیان کن بود.

بد ترین پیش آمد های نا مطلوب وقتی است که فقط مرکز تفکرت سالم می میماند. مرگهای مغزی در این مواقع بهترین موهبت است. من هر گز نخواسته ام قهرمان علیلی باشم حتا اگر با شهرت جهانی همراه باشد.

من نگاه ها را سرشار از مهر می خواهم مهری صادقانه و همراه با احترام و نه مملّو از ترحم.

" خانم جیانگ لو آمده می خواهد شما را ببیند، اجازه می دهید؟ "

" جوان است؟ "

" نه، گویا آنکه با شما تصادف کرده دختر ایشان است "

" تنهاست؟ "

" بله تنهاست "

" حالا که وقت ملاقات نیست، "

" می دانم، ولی چرا به او اجازه داده اند نمی دانم "

" کجاست ؟ "

" درقرارگاه پرستاران این بخش منتظر اجازه شماست "

" اشکالی ندارد بگوئید بیاید. لطفن حتمن تاکید کنید که زیاد نماند "

من همیشه در تشخیص و حدس حدود سن مردم این نژاد نا موفق بوده ام. خانمی شیک و متشخص حدود چهل ساله با دسته گلی زیبا که فقط چند شاخه بود وارد شد و با انگلیسی بسیار روان گفت:

" سلام آقای ضرابی. از وقتی که به من داده اید ممنونم. امید وارم هرچه زودتر شما را با سلامت کامل در بیرون از اینجا ببینم. "

" خانم لو از گل هایتان سپاسگزارم. چه خدمتی از من ساخته است ؟ "

" اتفاقن من آمده ام بگویم از ما چه خدمتی انتظار دارید؟ "

" خانم محترم آنچه که من می خواهم از دست و امکان شما بر نمی آید. من سلامتی کاملم را می خواهم. می خواهم همانی بشوم که دختر شما از من گرفت. "
بی صدا گریست. چند دقیقه ساکت ماند و آرام گفت:

" ما از روز اول خود را نه تنها کنار نکشیدیم که رسمن مقصر بودن دخترمان را به پلیس اطلاع دادیم،

البته می دانید که به عمد نبوده است.

ما خواستیم که اتاق اختصاصی به شما بدهند و از هر کاری و دعوت از بهترین متخصصین به هزینه ما دریغ نکنند و حالا هم تمامی هزینه های بیمارستان را می پردازیم. انتطار هم نداریم که شما کاملن راضی بشوید .

بیش ازاین مزاحم نمی شوم. فقط می گویم که جنیفر هم وضع روحی خوبی ندارد. اگر هنوز می خواهید که با او روبرو بشوید حرفی نداریم، ترتیب آن را هم می دهیم. "

دست مرا با هر دو دست گرفت، خم شد و بسیار مهربان پیشانی ام را بوسید و با نشاندن چند قطره اشک بر صورتم و با گفتن بسیار متاسفم به سوی در رفت و اضافه کرد"

" شخصن مجددن به دیدارتان خواهم آمد "

" خانم جیانگ لو! همه هزینه های بیمارستان را بیمه اتومبیل دختر خانم شما باید بپردازد، شما چرا؟ "
با خنده تلخی اتاقم را ترک کرد.

با بسیاری از درد های جسمی و دنیائی از ناراحتی های احساسی، ملاقات با خانم لو و نوع برخورد و حرف هایش مزید شد.

مدتها چشم به سقف، دفتر زندگی ام را ورق زدم.

چرا باید جنیفرلو از بیم اشتباهی که کرده است گرفتاری فکری نوع دیگری وبالش شده باشد. و از خانه اش آواره گردد. انصاف نیست. فردا کار را تمام می کنم، تا بهتر ببینم پس از بیمارستان با خودم چکار خواهم کرد.

از پرستار خواستم اگر امکان دارد به پلیس اطلاع بدهد که من آمادگی دارم. اشک های خانم جیانگ لو با آنهمه وقارو منشی که در حرکاتش بود منقلب ام کرده بود. نه، من نمی توانم سبب ساز این درهم ریختگی باشم. فردا رضایت می دهم و به سهم خودم کابوس دختر خانم آن ها را تمام می کنم. تلاطم روحی دختر جوانی بخاطر یک اشتباه نا خواسته نباید چون خوره بیفتد به بجانش. لانه کردن ترس چون موریانه سلامت روان را می جود و وجود را از مقاومت تهی می کند.

" بفرمائید خانم جیانگ لو، ضرابی هستم "

" ...من نمی توانم این سخاوت را فراموش کنم. تلفنی مراتب را به جنیفر اطلاع دادم، باور نمی کنید چگونه گریست. من تا کنون چنین هق هقی از او ندیده بودم. صمیمانه سپاسگزارم که روحیه او را ترمیم کردید. ما این محبت شما را بنحو شایسته ای جبران خواهیم کرد....."

چقدر خوشحالم. به بهائی که پرداخته ام کاری ندارم. این اتفاق ممکن بود توسط هر کس دیگر نیزرخ بدهد .

شاید تجربه ای باشد برای دختر خانمی که کسب هر تجربه میتواند برایش مفید باشد.

لباس پوشانده شدم. باید تا یکساعت دیگر اتاقی را ترک کنم که بیش از شش ماه مرا در خود پناه داده بود. بیمارستانی را که کارکنانش مرا با مهری ناب آشنا کردند.

نمی خواهم بگویم کاش می توانستم بیشتر بمانم ولی می دانم که در بیرون از اینجا کمتر چنین صداقتی یافت خواهد شد.

دستور داده اند چند بار طول اتاق را با عصا راه بروم. احساس می کنم پا به پا می برندم. خوشحالم که آغوش مادرم در انتظارم است. می دانم که همه فامیل جمع خواهند بود. ولی من دیگر آن سهراب شلوغ همیشه نیستم.

من نمی توانم ورجه وورجه های سابق را داشته باشم. می دانم جام بلورینی هستم که بند زده شده است. باید همه حواسم جمع سرما و گرما و فراز و نشیب ها باشد. من آن بی خیالی را که داشتم دوست دارم. عاشق خنده هائی هستم که در جواب مادر وقتی که می گفت می خواهم برایت آستین بالا بزنم، سر می دادم.

مثل درخت در حال رشدی که آبی ریشه سور پایش ریخته باشند، دارم زرد و زرد تر می شوم. من با همه ی بیخیالی هرگز تمام داشته هایم را به قمار نمی گذاشتم ولی بی آنکه خودم بخواهم این بار همه را باخته ام.

از خستگی روی صندلی ملاقات کننده ها نشستم. نفس نفس می زدم. از وضعیتم خوشحال نبودم.

" آقای ضرابی دختر خانم جوانی آمده می خواهد شما را ببیند. گمان می کنم همان دختر خانمی باشد که با شما تصادف کرده است. با مادرش آمده ولی می گوید به تنهائی می خواهد شما را ببیند از ما هم خواسته که حضور نداشته باشیم. اجازه می دهید بیابد ؟ "

" گفتید من لباس پوشیده و دارم بیمارستان را ترک می کنم؟ "

" بله، ولی خودش می دانست "

چند ضربه به در خورد و با اجازه من در باز شد. خدای من از قاب در یکی از زیبا ترین مینیاتور های " رضا عباسی " جان گرفت و گام به درون اتاق گذاشت. داشتم پریشان می شدم. چند لحظه کناردرایستاد، بعد آرام بسویم گام برداشت. در یک قدمی من گفت:

" سهراب ضرابی؟ "

" بله "

" من جنیفر جیانگ لو هستم . بنظر می رسد حالتان خوب باشد! خوشحالم. "

" تو همان جنیفر روز اتفاق هستی ؟ ...چه زیبائی خیره کننده ای؟ "

تبسم کرد.

" آمده ام شخصن پوزش بخواهم و از گذشت باور نکردنی شما تشکر کنم و خواهش کنم برای آشنائی بیشتر امشب نه، که می دانم با خانواده خواهی بود ولی فرداشب را اجازه بدهید شام با هم باشیم. "

با همه حاضر جوابی کم آوردم. وقتی سکوتم ادامه یافت، گفت:

" خواهش می کنم! "

و همان یک قدم فاصله را نیز کم کرد، جلویم ایستاد. هیجان گلگونش کرده بود.

خم شد وگونه مرا که مبهوت بودم بوسید. و گفت:

" فرداشب منتظرشما هستم. خواهش می کنم قبول کنید. خیلی خوشحال خواهم شد. بیشتر مزاحم شما نمی شوم، فردا شب منتظرت هستند. "

و بسوی در رفت. قبل از خروج سر بر گرداند، زیبائیش را یکبار دیگر به رخم کشید و " خواهش می کنم " را در لفافی از ناز تکرار کرد، و رفت.

من او را دیگر ندیدم .